Für meine (inzwischen erwachsenen) Kinder
Joschka, Niklas und Nele,
die einst als erste mit dem Zauberer Schokolade
Bekanntschaft schlossen,

für Kerstin, die der Figur ein Gesicht gegeben hat,

und auch für alle anderen großen und kleinen Naschkatzen,
die sich gern von Schokolade verzaubern lassen

Mathias Grimme

# Der Zauberer Schokolade

www.tredition.de

© 2018 Mathias Grimme

Umschlaggestaltung: Mathias Grimme

Illustration und Foto: Kerstin Fischer

Verlag & Druck: tredition GmbH, Hamburg

ISBN

978-3-7469-5848-4 (Paperback)
978-3-7469-5849-1 (Hardcover)
978-3-7469-5850-7 (e-Book)

# Inhaltsverzeichnis

# 1. Kapitel: Warum der Zauberer Schokolade Zauberer Schokolade hieß

Die Geschichte vom Zauberer Schokolade ist eine sehr schokoladige Geschichte. Ja wirklich, sie ist eine sehr, sehr schokoladige Geschichte, denn es kommt sehr viel Schokolade darin vor. Der Zauberer Schokolade hieß nämlich nicht von ungefähr Zauberer Schokolade. Er hieß so, weil er ganz und gar aus Schokolade war. Sein Kopf war aus Schokolade; sein Bauch war aus Schokolade; seine Arme und Beine waren aus Schokolade. Auch seine Hände und Füße, seine Nase, seine Ohren und seine Augen waren aus Schokolade. Ja, sogar seine Haare, seine Fingernägel, seine Zähne und sein Bart waren aus Schokolade. Einfach alles am Zauberer Schokolade war aus Schokolade.

Menschen wie du und ich wohnen in Deutschland oder Spanien, in England oder Russland, in Amerika, Afrika oder Australien. Manche wohnen am Nordpol, wo es so kalt ist, dass man auch im Sommer Handschuhe braucht. Manche wohnen am Äquator, wo es so heiß ist, dass man auch im Winter barfuß laufen kann. Menschen wie du und ich wohnen an irgendeinem der vielen Orte in dieser Welt.

Der Zauberer Schokolade jedoch wohnte an keinem dieser Orte. Der Zauberer Schokolade war ein Zauberer, und darum wohnte er nicht dort, wo Menschen wohnen, sondern dort, wo Zauberer wohnen: in der Zaubererwelt. Und die Zaubererwelt, die liegt irgendwo hinter den sieben Himmeln, dort, wo Sonne und Mond sich gute Nacht sagen.

Der Zauberer Schokolade besaß, wie es sich für einen richtigen Zauberer gehört, ein Zauberschloss. Dieses Zauberschloss war selbstverständlich ganz und gar aus Schokolade. Es hatte sieben Zimmer - alle aus Schokolade -, sieben Fenster - alle aus Schokolade -, sieben Türme - alle aus Schokolade und sieben Türen - natürlich auch alle aus Schokolade. Zu dem Schokoladenzauberschloss des Zauberers Schokolade gehörte ein Zaubergarten. Darin wuchsen Bäume aus Schokolade und Blumen aus Schokolade, und es gab eine große Wiese, ebenfalls aus Schokolade.

Du siehst, die Geschichte vom Zauberer Schokolade ist wirklich sehr schokoladig. Falls du keine Schokolade magst - so etwas soll ja vorkommen - kann ich dich jedoch trösten. In dieser Geschichte kommen auch die Freunde des Zauberers Schokolade vor, und die waren nicht aus Schokolade.

Da war zum Beispiel der Zauberer Keks (der war vom Scheitel bis zur Fußspitze ganz und gar aus Keks, genauer gesagt aus Butterkeks). Und da war der Zauberer Saure Gurke (der bestand vollständig aus sauren Gurken). Da waren auch noch der Zauberer Bücherstaub, der Zauberer Juckpulver und noch ein paar andere.

Alle diese Freunde wohnten wie der Zauberer Schokolade in der Zaubererwelt. Sie alle hatten Zauberschlösser wie

er, nur dass diese Zauberschlösser natürlich nicht aus Schokolade waren, sondern aus Butterkeks, Bücherstaub und so weiter, je nachdem.

Wenn der Zauberer Schokolade und seine Freunde ei-
nander besuchten, dann ging das sehr einfach und sehr
schnell. In früheren Zeiten waren die Zauberer ja auf fliegen-
den Teppichen gereist. Nicht besonders schnell war das gewesen und auch ein bisschen altmodisch. Heutzutage dagegen
hatte jeder Zauberer, der etwas auf sich hielt, eine Zauberrakete. Die Zauberrakete des Zauberers Schokolade war, wie du
dir denken kannst, aus Schokolade und schokoladig schnell.
Sie war daher sein ganzer Stolz. (Woraus die Zauberraketen
der anderen Zauberer waren, brauche ich dir wohl nicht mehr
zu erzählen.)

Der Zauberer Schokolade und seine Freunde besuchten
sich gern und oft. Das war dann immer sehr lustig. Sie setzten
ihre Zauberhüte auf (der des Zauberers Schokolade war natürlich aus Schokolade), nahmen ihre Zauberstäbe (der des Zauberers Schokolade war natürlich aus Schokolade) und zauber-
ten sich gegenseitig ihre besten Zauberkunststücke vor.

Einmal zum Beispiel sprach der Zauberer Schokolade
einen besonders schokoladigen Zauberspruch. Da verwandelte sich das Zauberschloss des Zauberers Saure Gurke, das
ja eigentlich ganz und gar aus sauren Gurken bestand, in ein
Zauberschloss, wie es der Zauberer Schokolade selbst besaß:
in ein ganz und gar schokoladiges Zauberschloss. Der

Zauberer Saure Gurke zauberte dem Zauberer Schokolade dafür eine Saure-Gurken-Nase ins Gesicht.

Nachdem der Zauberer Schokolade und der Zauberer Saure Gurke so ihren Spaß gehabt hatten und nachdem ihnen ihre Bäuche schon wehtaten vor Lachen, sprachen sie ihre Zaubersprüche einfach rückwärts, und Hokus-Schokus-Eins-Zwei-Drei und Simsala-Saure-Gurkerei war alles wieder, wie es vorher gewesen war. Und das war natürlich gut so.

**2. Kapitel:** Wie der Zauberer Schokolade in die
Menschenwelt kam


Eines Tages besuchte der Zauberer Schokolade den
Zauberer Juckpulver. Der Zauberer Juckpulver war ganz und
gar aus Juckpulver und ein ganz besonders lustiger Geselle.
Mit seinen Streichen konnte er jeden zum Lachen bringen. Und
an diesem Tag *wollte* der Zauberer Schokolade zum Lachen gebracht werden. Er war nämlich mit dem falschen Bein zuerst
aufgestanden und darum sehr schlecht gelaunt. Ja, denk dir
nur, so etwas kommt auch bei Zauberern vor.

Der Zauberer Schokolade besuchte also den Zauberer
Juckpulver, der übrigens, wie du dir sicher schon überlegt
hast, ganz und gar aus Juckpulver bestand. Er besuchte ihn,
und tatsächlich: Es dauerte gar nicht lange, und der Zauberer
Juckpulver hatte es geschafft. Die Miene des Zauberers Schokolade hellte sich auf; die düsteren Falten verschwanden, und
schließlich musste der Zauberer Schokolade sogar schallend
lachen!

Mitten hinein nun in dieses schallende Lachen sagte der
Zauberer Juckpulver plötzlich:

"Ach, alter Freund Schoki..."

Der Zauberer Juckpulver sagte zu jedem, den er
kannte, "alter Freund", und zum Zauberer Schokolade sagte er

"alter Freund Schoki", weil ihm der Name Schokolade nicht lustig genug war.

Mitten hinein also in das schallende Lachen des Zauberers Schokolade sagte der Zauberer Juckpulver:

"Ach, alter Freund Schoki..." Und dann fuhr er fort: "Weißt du, was - haha? Man müsste einmal wieder in die Menschenwelt!"

"Was?!", rief der Zauberer Schokolade, dem das Lachen im Halse stecken blieb, erschrocken. "Was, du willst in die Menschenwelt?!"

"Ja, das wäre doch einmal so richtig lustig, wenn man den Menschen ein bisschen was vorzaubern könnte!", meinte der Zauberer Juckpulver, der sich ehrlich gesagt manchmal ein wenig langweilte. So etwas soll ja bei Leuten, die immer und immerzu lustig sind, häufiger vorkommen.

Der Zauberer Schokolade sah seinen Freund einen Augenblick entgeistert an. Dann sagte er ernst:

"Mein lieber Zauberer Juckpulver, bist du von allen guten Zaubersprüchen verlassen? In die Menschenwelt willst du? Du willst das allen Ernstes, obwohl doch selbst der dümmste Zauberer weiß, dass das äußerst gefährlich ist?!"

"Naja", meinte der Zauberer Juckpulver verlegen, "ich dachte ja nur, dass das vielleicht lustig werden könnte. Und überhaupt: In früheren Zeiten waren wir Zauberer schließlich auch in der Menschenwelt! Ich erinnere mich..."

12

"Schon gut", fuhr der Zauberer Schokolade etwas unge-duldig dazwischen, "in früheren Zeiten wir tatsächlich hin und wieder in der Menschenwelt. Damals war das aber auch etwas ganz anderes! Das musst du doch eigentlich ganz genau wis-sen. Damals war die Luft in der Menschenwelt noch nicht zu dünn für uns. Heutzutage aber..."

Der Zauberer Schokolade hatte Recht. Heutzutage war es wirklich sehr gefährlich für einen Zauberer, in die Men-schenwelt zu reisen. Wenn nämlich ein Zauberer die zu dünne Luft in der Menschenwelt einatmete, dann verlor er seine Zau-berkraft; dann konnte er von einem Atemzug auf den anderen nicht mehr zaubern.

"Du weißt doch", sagte der Zauberer Schokolade, "wir Zauberer können nur zaubern, wo man an unsere Zauberkraft glaubt. Die Menschen aber glauben heutzutage nur noch an die Kraft von Maschinen und Computern. Zauberer, so sagen sie, gibt es nur im Märchen. Und mit diesem Irrglauben ma-chen sie, dass die Luft in der Menschenwelt für uns zu dünn wird."

Der Zauberer Juckpulver wusste, dass der Zauberer Schokolade Recht hatte. Er wusste es ganz genau, und gerade das ärgerte ihn.

"Ach, ich will mich ja nicht mit dir zanken", sagte er.

"Nein, ich will mich auch nicht mit dir zanken", entgeg-nete der Zauberer Schokolade.

Und dann verabschiedeten sie sich sehr schnell voneinander, denn sonst hätten sie sich doch noch gezankt.

Der Zauberer Schokolade stieg in seine Schokoladenzauberrakete und schickte sich an, nach Hause zu fliegen. Der Zauberer Juckpulver aber dachte bei sich:

"Ach, alter Freund Schoki, du bist doch ein elender Besserwisser. Immer redest du so oberklug daher!"

Und dann tat der Zauberer Juckpulver etwas, was bestimmt nicht oberklug war. Hätte er gewusst, was er damit anrichtete, er hätte es wohl niemals getan. Aber er ahnte nichts Böses, und so tat er es eben.

Das, was der Zauberer Juckpulver tat, war Folgendes: In dem Augenblick, stell dir vor, genau in dem Augenblick, da der Zauberer Schokolade starten wollte mit seiner Schokoladenrakete, da genau sprach der Zauberer Juckpulver einen juckpulverigen Zauberspruch, und den Zauberer Schokolade begann es entsetzlich zu jucken. Es juckte ihn so gewaltig, dass er beim Zaubern gar nicht mehr richtig aufpassen konnte. Eigentlich wollte er ja einen schokoladigen Zauberspruch sprechen, dass seine Schokoladenzauberrakete ihn nach Hause zu seinem Schokoladenschloss flog. Aber nun war er so durcheinander, dass er versehentlich einen falschen Zauberspruch sprach!

Ja, und dann ging alles so blitzschnell, dass dem Zauberer Schokolade Hören und Sehen verging. Der falsche

Zauberspruch nämlich zauberte ihn, ehe er sich's versah, in die Menschenwelt. Ja, du hast richtig gehört: in die Menschenwelt!

Ehe der Zauberer Schokolade einen Gegenzauberspruch sprechen konnte, tauchte seine Schokoladenrakete in den Himmel über der Menschenwelt ein. Und nun gab es endgültig kein Zurück mehr! Der Zauberer Schokolade versuchte noch, die Luft anzuhalten. Doch schon bald hielt er es nicht mehr aus. Er musste die zu dünne Menschenluft einatmen!

Kaum aber hatte er den ersten Atemzug getan, da verließ ihn seine Zauberkraft. Und weil den Zauberer Schokolade seine Zauberkraft verließ, darum wirkte auch der Zauberspruch nicht mehr, der seine Zauberrakete fliegen ließ. Und weil nun der Zauberspruch, der die Schokoladenrakete fliegen ließ, nicht mehr wirkte, darum stürzte diese ab. Sie stürzte von hinter dem siebten Himmel herab und sauste mit atemberaubender Geschwindigkeit auf die Erde zu!

Natürlich gab es einen ohrenbetäubenden Knall, als die Schokoladenrakete auf der Erde aufschlug. Mitten im Wald war das. Ja, es gab diesen ohrenbetäubenden Knall, und dann herrschte ein unbeschreibliches Durcheinander! Dort wo eben noch ein Hügel gelegen hatte, befand sich jetzt eine tiefe Kuhle. Dort wo eben noch eine hohe, schlanke Tanne gestanden hatte, sah man nun nur noch einen verkohlten und zerborstenen Stumpf. Dort wo eben noch Vögel gezwitschert hatten, herrschte jetzt Totenstille. Und überall lagen oder hingen die Trümmer der Schokoladenrakete.

Wo aber war der Zauberer Schokolade? Der Zauberer Schokolade hatte sich im allerletzten Augenblick, bevor die Schokoladenrakete auf der Erde aufschlug, mit dem Schleudersitz gerettet. Der Schleudersitz wenigstens hatte noch funktioniert und ihn gerade noch rechtzeitig aus der Rakete herausgeschleudert. Zum Glück! Nun war der Zauberer Schokolade nicht mehr in der Schokoladenrakete, als diese auf der Erde zerschellte. Allerdings, auch mit dem Schleudersitz war die Landung des Zauberers Schokolade auf der Erde wenig sanft...

**3. Kapitel:** Wie der Zauberer Schokolade in der Falle saß und wie er schließlich gerettet wurde

Ja, die Landung des Zauberers Schokolade auf der Erde war wenig sanft. Der Zauberer Schokolade hatte das Gefühl, sich sämtliche Schokoladenknochen gebrochen zu haben. Und was noch schlimmer war, er saß in der Falle! Der Zauberer Schokolade saß im wahrsten Sinne des Wortes in der Falle! Genau an der Stelle nämlich, an der der Zauberer Schokolade auf den Waldboden gefallen war mit seinem Schleudersitz, hatten Wilddiebe eine tiefe Grube gegraben, um Tiere darin zu fangen. Sie hatten die Grube mit Zweigen und Laub bedeckt, so dass niemand sie sehen konnte. Nun saß der Zauberer Schokolade in dieser Falle, und die Grube war so tief, dass er allein unmöglich wieder aus ihr herauszukommen vermochte! Zaubern konnte er ja nun nicht mehr.

Ach, da war guter Rat teuer! Da war guter Rat *wirklich* teuer! Was soll ein Zauberer, der nicht mehr zaubern kann, machen, wenn er in der Falle sitzt? Nun, der Zauberer Schokolade dachte erst einmal nach. Er dachte so angestrengt nach, dass ihm der Schokoladenschweiß auf die Stirn trat. Aber es fiel ihm beim besten Willen nichts ein, wie er sich aus seiner misslichen Lage befreien konnte. Ja, und überhaupt: Selbst wenn es ihm gelungen wäre, aus der Falle wieder herauszukommen, was hätte er machen sollen? Als ein Zauberer, der nicht mehr zaubern konnte, war er doch restlos verloren! Was

17

sollte er zum Beispiel essen? Er, der Zauberer Schokolade, aß ja doch nur Schokolade. Anderes vertrug er gar nicht. Wo aber sollte er, ohne zu zaubern, genug Schokolade herbekommen, um davon satt zu werden?

Je länger der Zauberer Schokolade nachdachte, desto verzweifelter wurde er. Er konnte natürlich darauf hoffen, dass irgendwann einmal Menschen vorbeikommen und ihm helfen würden. Aber wahrscheinlich würde es so sein, dass jeder, der ihn sah, vor Schreck davonlaufen würde, denn Menschen hatten ja immer Angst vor Dingen, die sie nicht kannten. Und bestimmt hatte noch kein Mensch einen schokoladigen Zauberer in einer Fallgrube mitten im Wald gesehen.

Plötzlich hörte der Zauberer Schokolade ein Geräusch. Ein Knacken im Gebüsch riss ihn aus seinen trüben Gedanken. Dann drang der Klang von Stimmen an sein Ohr. Kinderstimmen offensichtlich. Der Zauberer Schokolade schöpfte neue Hoffnung. Er rief, so laut er konnte, mit seiner schokoladigen Stimme:

"Hilfe! Ich brauche Hilfe!"

Die Kinderstimmen kamen näher. Wieder und wieder rief der Zauberer Schokolade:

"Hier bin ich! Hilfe! Hier bin ich!"

Dann endlich standen sie an der Fallgrube, zwei Kinder, ein Junge und ein Mädchen. Ängstlich blickte der Zauberer Schokolade zu ihnen empor.

"Hoffentlich erschrecken die Kinder nicht, weil ich so schokoladenbraun bin!", dachte er. "Sonst laufen sie gleich wieder fort."

"Ihr braucht keine Angst zu haben", sagte er dann mit seiner allerfreundlichsten Stimme zu den Kindern. "Ihr braucht keine Angst zu haben; ich tue euch nichts."

"Wer bist du denn?" kam es zurück. "Und was hast du für einen komischen Hut – so groß und spitz und mit so merkwürdigen Zeichen darauf? Überhaupt, du siehst so merkwürdig aus... So, so... so schokoladig. Und hier, hier riecht es auch. Ja, hier riecht es irgendwie nach Schokolade..." Der Junge und das Mädchen hatten sich an der Hand gefasst. Sie sahen doch etwas ängstlich aus.

"Bitte lauft nicht weg!", rief der Zauberer Schokolade. "Ich weiß, ich sehe merkwürdig aus. Aber ich bin ein Zauberer. Ich bin der Zauberer Schokolade. Und dies hier" - er zeigte auf seine Kopfbedeckung - "ist mein Zauberhut."

"Nein, jetzt redest du Unsinn!", sagte der Junge.

"Ja, du lügst!", bestätigte das Mädchen. "Zauberer gibt es nämlich gar nicht. Du willst uns nur hereinlegen. Du kannst gar nicht zaubern."

"Doch, natürlich kann ich zaubern", widersprach der Zauberer Schokolade. "Ich brauche nur meinen schokoladigen Zauberstab zu nehmen und einen schokoladigen Zauberspruch zu sprechen, und schon kann ich zaubern!"

"Dann zeig' es uns doch!", rief der Junge.

"Ja, dann zeig' es uns doch!", rief das Mädchen.

Der Zauberer Schokolade wollte nach seinem schokoladigen Zauberstab greifen. Doch nun musste er feststellen, dass er den Zauberstab bei dem Absturz mit seiner Schokoladenrakete verloren hatte. "Ich... Ich weiß nicht, wo mein Zauberstab geblieben ist", stammelte er.

"Siehst du, du bist doch kein Zauberer!", rief der Junge.

"Das haben wir doch gleich gewusst", sagte das Mädchen.

"So glaubt mir doch!", flehte der Zauberer Schokolade.

In diesem Augenblick ging ein heftiger Windstoß durch den Wald und schüttelte die Bäume. Ein Blätterregen rauschte hernieder; ein Hagelschlag abgerissener Äste und Zweige prasselte herab. Und noch etwas fiel zur Erde: ein fingerdicker brauner Stab, in den merkwürdige Zeichen geritzt waren. Er kullerte direkt auf die Fallgrube zu, in der der Zauberer Schokolade saß. Eine Handbreit davor blieb er liegen.

Niemand sah ihn, der Zauberer Schokolade nicht und auch die Kinder nicht. Zum Greifen nahe war der Zauberstab, und keiner bemerkte es! Da ging erneut ein Windstoß durch den Wald, fegte Blätter und Zweige auf und pustete den Zauberstab über den Rand der Fallgrube. Er fiel dem Zauberer Schokolade direkt auf den Zauberhut.

Das war die Rettung! - dachte der Zauberer Schokolade. Er nahm den Zauberstab, sagte: "Schaut her, Kinder, ich habe meinen Zauberstab wiedergefunden!" und sprach einen schokoladigen Zauberspruch. Doch - es geschah nichts! Es geschah einfach - nichts!

Da fiel dem Zauberer Schokolade ein, dass ihm der Zauberstab in der Menschenwelt ja gar nichts nützte. Hier war ja die Luft zu dünn. Hier *konnten* seine Zaubersprüche ja gar nicht wirken, weil die Menschen nicht an seine Zauberkraft glaubten.

"Ihr *müsst* mir glauben!", sagte der Zauberer Schokolade. "Ich *bin* ein Zauberer. Ich kann nur deshalb nicht zaubern, weil ihr Menschen nicht mehr an uns Zauberer glaubt und weil ihr damit gemacht habt, dass die Luft hier für uns zu dünn ist." Und dann erzählte der Zauberer Schokolade den Kindern die ganze traurige Geschichte. "Habt ihr nicht" - so fragte er zum Schluss - "die Trümmer meiner Schokoladenzauberrakete hier im Wald gesehen?"

Da blickten sich die beiden Kinder um. Sie blickten sich um, und nun sahen sie es: Im Wald ringsum lagen überall verstreut Schokoladenstücke, manche so klein wie eine Hand, andere so groß wie eine Autotür.

"Wie ist es nur möglich, dass wir das gar nicht gesehen haben, als wir hierher kamen?", fragte der Junge erstaunt.

"Na ja", sagte das Mädchen nachdenklich, "die Schokoladenstücke sind braun, und der Waldboden ist auch braun..."

"Aber dann könnte es ja sein, dass der da in der Fall-grube doch recht hat. - Du, vielleicht ist der wirklich ein Zauberer!", überlegte der Junge.

Der Zauberer Schokolade merkte, dass die Kinder anfingen, ihm ein bisschen zu glauben. Und so dachte er: "Ich will es noch einmal versuchen."

Er nahm den Zauberstab und sprach einen Zauberspruch, einen ganz klitzekleinen schokoladigen Zauberspruch, für den er nicht viel Zauberkraft benötigte. Er sprach diesen Zauberspruch, und plötzlich geschah es, dass jedes der Kinder ein Stück Schokolade in der Hand hielt, nur ein kleines Stück zwar, denn zu mehr hatte die Zauberkraft des Zauberers Schokolade nicht gereicht, aber immerhin!

Der Junge und das Mädchen jedenfalls waren beeindruckt.

"Mannomann", sagte der Junge, "der kann ja wirklich zaubern!"

"Olala", sagte das Mädchen, "wer hätte das gedacht!"

Der Zauberer Schokolade merkte, dass er die Kinder von seiner Zauberkraft überzeugt hatte. und so traute er sich, ein richtiges Zauberkunststück zu versuchen. Er nahm seinen Zauberstab und sprach einen richtigen, ausgewachsenen schokoladigen Zauberspruch. Und dann ging alles so schnell, dass die Kinder gar nicht wussten, wie ihnen geschah. Der Zauberer Schokolade stand jedenfalls plötzlich vor ihnen in voller

Größe, und die Fallgrube war verschwunden. Dafür wuchs an ihrer Stelle eine wunderschöne, zartblättrige Schokoladenblume und verbreitete einen unbeschreiblich schokoladigen Duft.

## 4. Kapitel: Wie der Zauberer Schokolade seine Schokoladenrakete reparierte und dabei bunte Schokolade erfand

"Ich danke euch! Ich danke euch!", sagte der Zauberer Schokolade mit einem strahlenden Schokoladenlächeln zu den beiden Kindern. "Ihr habt mir meine Zauberkraft zurückgegeben; ihr habt mich gerettet!" Und er schüttelte ihnen die Hand und fuhr fort:

"Also, wie *ich* heiße, wisst ihr ja schon. Aber ich weiß noch gar nicht, wie *ihr* heißt."

"Ich heiße Carolin Borniewski", sagte das Mädchen.

"Und ich heiße Markus Borniewski", sagte der Junge. "Wir sind Zwillinge."

"Seid ihr öfter allein hier im Wald?", fragte der Zauberer Schokolade.

"Ja", sagte Carolin.

"Unsere Eltern", fügte Markus hinzu, "finden es besser, wir spielen hier, als auf der Straße. Und selber können sie ja nicht immer mitkommen. Sie haben schließlich zu tun."

"Was haltet ihr davon", fragte der Zauberer Schokolade, "wenn wir Freundschaft schließen?"

Carolin sah Markus an. Markus sah Carolin an. Einen echten Zauberer zum Freund zu haben, das war bestimmt toll!

"Oh ja!", sagte Carolin.

"Geht klar!", sagte Markus.

Und der Zauberer Schokolade zauberte ein Glas Schokoladensaft herbei, und dann tranken sie auf ihre Freundschaft.

"Jetzt wo ich meine Zauberkraft wiedergewonnen habe, kann ich bestimmt auch meine Zauberrakete reparieren", meinte der Zauberer Schokolade.

"Dürfen wir dir dabei helfen?" riefen die Kinder eifrig.

"Na, ihr *müsst* mir sogar helfen!", sagte der Zauberer Schokolade. "Schließlich müssen ja erst einmal alle Schokoladenraketentrümmer zusammengesucht werden. Und das ist sicher so viel Arbeit, das schaffe ich allein gar nicht."

"Na, dann los!", sagte Markus.

"Ja, auf geht's!", sagte Carolin.

Und so begannen sie zu suchen. Sie suchten und suchten. Sie schleppten und schleppten. Und es waren immer noch mehr und immer noch mehr Teile, manche so klein wie eine Hand, andere so groß wie eine Autotür. Der Zauberer Schokolade schwitzte große Schokoladenschweißperlen. Die Kinder schwitzten große Menschenschweißperlen. Und der Stapel mit Schokoladenraketentrümmern wuchs. Er wuchs und wuchs. Und doch nahm und nahm die Arbeit kein Ende.

Plötzlich hielt Markus inne. Er stand da und schüttelte den Kopf.

"Ich glaube", sagte er, "wir sind alle drei große Trottel!"

"Wieso?", fragte Carolin.

"Warum?", fragte der Zauberer Schokolade.

"Weil du doch ein Zauberer bist, Zauberer Schokolade!", sagte Markus.

"Ja, und?" Der Zauberer Schokolade war verwirrt.

"Na, wenn du ein Zauberer bist", sagte Markus, "dann kannst du doch bestimmt alle Schokoladenraketentrümmer einfach herbei*zaubern*! Dann müssen wir sie nicht alle mühsam zusammensammeln."

"Oje, ich werde wohl langsam alt", sagte der Zauberer Schokolade, "dass ich darauf nicht selbst gekommen bin!"

Und dann sprach er einen schokoladigen Zauberspruch, und augenblicklich kamen alle Schokoladenraketentrümmer, die noch im Wald verstreut lagen, brav angeflogen und landeten auf dem Schokoladenraketentrümmerstapel, den der Zauberer Schokolade und die Kinder bereits zusammengetragen hatten.

"So, jetzt wird's richtig schwierig!", sagte der Zauberer Schokolade. "Jetzt muss ich diese ganzen Trümmerteile alle wieder zu einer Schokoladenzauberrakete zusammenzaubern. Und ich sage euch, dazu muss ich einen Zauberspruch sprechen, der ist so schokoladig schwierig, dass ich schon beim bloßen Gedanken daran einen Knoten in meiner Schokoladen-zunge habe!"

"Oje!" meinte Carolin.

"Au Backe!", sagte Markus.

"Ihr müsst jetzt ganz still sein. Ihr dürft nicht den kleins-ten Muckser von euch geben. Und lachen dürft ihr schon gar nicht", sagte der Zauberer Schokolade. "Sonst mache ich beim Zaubern wieder einen Fehler. Und wer weiß, was dann pas-siert! *Ein* Zauberspruchversprecher am heutigen Tage reicht mir!"

"Keine Sorge, Zauberer Schokolade", sagte Carolin.

"Wir werden mucksmäuschenstill sein", sagte Markus. Damit auch ja nichts schief gehen konnte, legten sie sich die Hände auf den Mund. Sicher war sicher.

Und dann begann der Zauberer Schokolade mit seinem schokoladig-langen Zauberspruch:

"Hokus-Schokus-Brim-Bam-Borium..."

Carolin und Markus drückten sich die Hände noch fes-ter auf den Mund.

"Hokus-Schokus-Schlimm-Schlamm-Schlorium..."

Markus musste plötzlich an seinen Vater denken. Schlimm-Schlamm-Schlorium, diese Worte erinnerten ihn an etwas sehr Lustiges: Sein Vater war kürzlich bei einem Spa-ziergang hier im Wald ausgerutscht. Er hatte seinen guten

Ausgehanzug angehabt, und er war mitten im Schlamm gelandet. Schlimm hatte er ausgesehen, und geflucht hatte er wie ein Rohrspatz. Aber Carolin und Markus hatten lachen müssen, bis ihnen die Bäuche wehtaten. Ausgerechnet dem Vater war das passiert, ausgerechnet ihm, der immer so auf Sauberkeit bedacht war!

Markus musste also an diese lustige Geschichte mit seinem Vater denken, als der Zauberer Schokolade seinen schokoladig-langen Zauberspruch sprach. Und plötzlich kroch ein kleines, ein klitzekleines Lachen aus seinem Bauch in seinen Hals.

"Nein, ich darf doch jetzt nicht lachen!" dachte Markus.

Doch du kennst das ja vielleicht. Wenn du nicht lachen darfst, dann musst du es manchmal gerade. Und so wurde aus dem klitzekleinen Lachen, das in Markus' Hals steckte und hinauswollte, ein größeres Lachen.

"Nein, nein, nein, ich darf doch jetzt nicht lachen!" dachte Markus immer wieder.

Doch das Lachen in seinem Hals wurde nur noch größer - bis es schließlich so groß war, dass Markus es nicht mehr zurückhalten konnte!

Der Zauberer Schokolade hatte gerade die Hälfte seines schokoladig-langen Zauberspruches gesprochen, als es aus Markus herausbrach. Es brach mit Gewalt aus Markus heraus, und da Lachen meistens ansteckend ist, dauerte es nicht lange, bis auch Carolin anfing zu kichern und zu glucksen. Und als nun beide Kinder lachten, da konnte auch der Zauberer Schokolade nicht länger an sich halten. Er *musste* einfach mitlachen. Und so klang der letzte Teil seines schokoladig-langen Zauberspruches etwa so: "Fidi-haha-bus-haha-Fidi-haha-bis-haha-Fidi-haha-bas-haha-Fidi-haha-bus-hahahaha."

Die Kinder bekamen einen Schreck! Bestimmt war nun der ganze Zauberspruch verdorben! Und *sie* waren daran schuld! Sie allein waren daran schuld! Doch sie hatten diesen Gedanken kaum gedacht, da bekamen sie einen noch viel größeren Schreck! Der Schokoladenraketentrümmerstapel begann zu rumpeln und zu pumpeln. Dann gab es so etwas wie eine Explosion mit einem gewaltigen, ohrenbetäubenden Knall und mächtig viel Qualm und Rauch. Die Kinder hielten sich voller Angst Augen und Ohren zu. Sicher hatte jetzt ihr letztes Stündlein geschlagen!

Doch plötzlich war es wieder still. Vorsichtig blinzelnd öffneten die Kinder die Augen. Vor ihnen stand noch immer der Zauberer Schokolade. "Schaut doch nur", sagte der Zauberer Schokolade, und es klang eigentlich sehr fröhlich, " schaut doch nur, was bei meinem Zauberspruch herausgekommen ist!"

Und die Kinder schauten. Sie schauten einmal. Sie schauten zweimal. Sie schauten dreimal. Dann fragten sie ungläubig: "Ist - das - deine - Schokoladenrakete?"

"Ja, das ist wohl meine Schokoladenrakete", sagte der Zauberer Schokolade. "Sie ist, soweit ich gesehen habe, wieder ganz in Ordnung. Alles drin und alles dran. Sie duftet auch wunderbar schokoladig... Aber ich habe wohl eine Erfindung gemacht..."

Tatsächlich war die Rakete des Zauberers Schokolade wieder ganz in Ordnung. Nur mit der Schokolade, aus der sie gemacht war, war es merkwürdig: Sie war nicht mehr schokoladenbraun wie bisher, sondern regenbogenbunt!

"Ich habe *bunte* Schokolade erfunden!", rief der Zauberer Schokolade. "Ist das nicht lustig?!" Und dann fügte er noch grinsend hinzu: "Wenn das nicht kommt, weil ihr beiden mich beim Zaubern so zum Lachen gebracht habt!"

**5. Kapitel:** Warum eine dicke alte Eiche genau der richtige Ort war und warum Eltern von solchen Dingen nichts verstehen

Nachdem die Schokoladenzauberrakete repariert war, hatte sich der Zauberer Schokolade von den Kindern verabschiedet. Er hatte noch für jedes von ihnen ein großes Stück bunte Schokolade gezaubert. Wie das ging, wusste er ja nun. Dann hatte er gesagt:

"So, ihr beiden, nun heißt es erst einmal 'Auf Wiedersehen' sagen. Ich muss jetzt zurück in die Zaubererwelt. Dort macht man sich bestimmt schon große Sorgen um mich. Wahrscheinlich werde ich bereits gesucht."

"Oh, schade, musst du wirklich schon gehen?" hatte Markus gefragt.

Und Carolin hatte hinzugefügt: "Kannst du nicht noch bleiben? Es ist so lustig, einen richtigen Zauberer zum Freund zu haben."

Doch der Zauberer Schokolade hatte geantwortet:

"Wisst ihr, was, ich verspreche euch, dass ich wiederkomme. Ich verspreche euch sogar, dass ich *bald* wiederkomme."

Dann war der Zauberer Schokolade zu einer mächtigen alten Eiche gegangen. Diese Eiche war so dick, dass zehn Mann sie kaum hätten umfassen können. Und sie war so stark, dass der Absturz der Schokoladenzauberrakete ihr nichts anzuhaben vermocht hatte. Dabei war sie innen hohl. In ihrem knorrigen Stamm klaffte seit unvordenklichen Zeiten ein mannshoher Spalt, der sich nach innen hin zu einer richtigen Höhle verbreiterte.

Der Zauberer Schokolade war durch den Spalt in den hohlen Eichenstamm hineingeklettert. Er hatte die Kinder aufgefordert, ihm zu folgen. Und dann waren sie alle drei im Innern des Baumes gewesen.

"Huhu, hier ist es aber unheimlich!" hatte Markus gesagt.

"Ja, so dunkel!" hatte Carolin gesagt.

Der Zauberer Schokolade aber hatte gemeint: "Dieser Ort ist genau richtig. Hier werde ich ein wenig von meiner Zauberkraft zurücklassen, wenn ich nun wieder in die Zaubererwelt fliege. Immer wenn ihr an diesen Ort kommt, werdet *ihr* an mich denken, und *ich* werde an euch denken. Und wenn ihr hierherkommt, wenn das nächste Mal Vollmond ist, dann werden wir nicht nur gegenseitig aneinander denken, dann werden wir uns auch wiedersehen. Dann werde ich mit meiner Schokoladenzauberrakete zurückkommen und euch besuchen. Und ich werde euch nicht verfehlen können; denn hier, an diesem Ort, wo wir uns treffen wollen, wird ja etwas von meiner Zauberkraft sein. So werde ich diesen Ort immer wiederfinden."

Dann hatte der Zauberer Schokolade einen feierlich-schokoladigen Zauberspruch gesprochen. Und danach hatte er den Kindern herzlich die Hände geschüttelt, hatte "Danke noch einmal für alles" gesagt, war in seine Zauberrakete gestiegen und war schließlich davongeflogen - mit schokoladig-schneller Geschwindigkeit.

Da standen sie nun, Carolin und Markus, und blickten gedankenverloren dem Schokoladenrauchschweif der Schokoladenzauberrakete des Zauberers Schokolade nach, bis Carolin nach einer ganzen Weile feststellte: "Du, Markus, es wird schon dunkel; wir müssen schnell nach Hause!" - Tatsächlich war es spät geworden, und so hatten die Kinder es eilig, heimzukommen.

Dennoch war es wirklich *sehr* spät, als sie das Haus erreichten, in dem sie mit ihren Eltern wohnten. Mit einem etwas mulmigen Gefühl klingelten die Kinder. Beide, Vater und Mutter, standen an der Tür. "Da seid ihr ja endlich!", riefen sie. Es klang sehr erleichtert. Die Eltern drückten die Kinder an sich. Dann allerdings wurde es doch noch ungemütlich.

"Wie konntet ihr nur so lange wegbleiben?!" schimpfte der Vater. Und die Mutter sagte vorwurfsvoll: "Wir haben uns solche Sorgen gemacht!"

Carolin und Markus schwiegen betreten. Die Eltern blickten zornig auf ihre Sprösslinge. Schließlich sagte Carolin zaghaft:

"Wir haben im Wald einen getroffen, der war in eine Fallgrube gefallen."

"Soso", sagten die Eltern.

"Ja, da war wirklich einer in einer Fallgrube, und dem mussten wir heraushelfen!" fuhr Markus eifrig fort.

"Nun erzählt bloß noch, das war der Weihnachtsmann!", sagte der Vater bissig.

Und die Mutter sagte streng: "Wir glauben euch kein Wort!"

"Ehrlich, es ist wahr, wir *haben* im Wald einen getroffen, der *war* in eine Fallgrube gefallen!", entgegnete Carolin.

"Und das war *nicht* der Weihnachtsmann", erklärte Markus, "das war ein *Zauberer!*"

"Was redet ihr da für einen Unsinn?!", sagte Herr Borniewski gereizt.

Und Frau Borniewski schimpfte: "Ihr wollt uns wohl zum Narren halten! - Marsch ins Bett mit euch, und kein Wort mehr!"

Da holten Carolin und Markus die bunte Schokolade aus ihren Jackentaschen, die der Zauberer Schokolade ihnen zum Abschied herbeigezaubert hatte.

"Schaut", sagten sie, "das haben wir von dem Mann bekommen, dem wir aus der Fallgrube geholfen haben. Er *ist* ein

Zauberer, und dies ist bunte Schokolade, die er für uns gezaubert hat."

Herr und Frau Borniewski besahen sich die bunte Schokolade.

"So ein Quatsch!", sagte Herr Borniewski, "Schokolade ist nie anders als braun. Also, was auch immer das hier ist und wo auch immer ihr es herhabt, Schokolade ist es jedenfalls nicht!"

"So riecht doch einmal daran!", sagte Carolin eindringlich.

"Ja, und probiert doch einmal ein Stück!" fügte Markus hinzu. "Dann werdet ihr schon merken, dass das Schokolade ist."

Aber da fuhr seine Mutter unwirsch dazwischen:

"So, Schluss jetzt mit dem dummen Gerede von Zauberern und bunter Schokolade! Es gibt keine Zauberer, und es gibt keine bunte Schokolade! Ihr hört jetzt sofort auf mit diesen Märchen und verschwindet ins Bett!"

Carolin und Markus blieb nichts anderes übrig - sie mussten ins Bett. Als sie unter ihren Decken lagen und das Licht ausgeschaltet war, flüsterte Carolin jedoch: "Und es war *doch* bunte Schokolade!"

"Natürlich", flüsterte Markus zurück, "und es ist *doch* der Zauberer Schokolade, von dem wir sie haben! Eltern sind manchmal einfach zu dumm. Darum verstehen sie nichts von solchen Dingen."

## 6. Kapitel: Wie der Zauberer Schokolade in einen Schrank kam

Carolin und Markus gingen jeden Tag in den Wald zu der alten Eiche. Sie kletterten in ihren hohlen Stamm, und dann dachten sie an den Zauberer Schokolade. Das war sehr schön. Sie dachten an die Zaubererwelt und freuten sich, dass ihr Freund bald von dort zu ihnen zurückkommen würde. Und manchmal, wenn sie besonders viel an den Zauberer Schokolade dachten, dann war ihnen, als ob ihnen ein wunderbar zarter Schokoladenduft in die Nase stieg. Dann sagten sie sich, dass jetzt gerade wohl auch der Zauberer Schokolade an sie dachte.

Jeden Abend schauten Carolin und Markus nach dem Mond. Sie mussten ja wissen, ob schon Vollmond war. Die Eltern bemerkten das.

"Warum schaut ihr denn jeden Abend nach dem Mond?", fragten sie verwundert.

"Ach, nur so...", sagten die Kinder, denn sie wollten lieber nichts verraten. "Mama und Papa meinen sowieso nur, wir spinnen", sagten sie sich.

Und befriedigt stellten sie fest, dass der Mond inzwischen nicht mehr im ersten, sondern schon im zweiten Viertel stand. Tage vergingen, da stellten die Kinder noch befriedigter fest, dass der Mond nun sogar bereits im dritten Viertel stand. Und schließlich war es soweit: Der Mond stand im vierten Viertel; es war Vollmond!

Heimlich gingen die Kinder ins Elternschlafzimmer und nahmen sich den Wecker. Sie stellten den Wecker auf zwölf Uhr nachts und versteckten ihn im Kinderzimmerschrank unter der Wäsche. Die Eltern merkten nichts. Sie wunderten sich nur, dass die Kinder heute so brav und, ohne zu murren, ins Bett gingen.

Später allerdings, als sie sich selbst schlafen legten, suchten sie lange nach ihrem Wecker und konnten ihn nicht finden. Schließlich gaben sie die ihre Bemühungen auf, schüttelten die Köpfe und beschlossen:

"Wir müssen am besten schnell einschlafen, damit wir morgen von allein rechtzeitig wach sind."

Der Zeiger des Weckers im Schrank wanderte währenddessen immer weiter. Es wurde elf. Es wurde viertel nach elf. Es wurde halb zwölf. Es wurde viertel vor zwölf. Und dann rasselte der Wecker! Es war zwölf Uhr nachts - Mitternacht.

Die Kinder wachten sofort auf. Sie waren mit einem Schlag putzmunter und zogen sich blitzschnell Hose, Schuhe und Pullover über. Nun öffneten sie vorsichtig, ganz vorsichtig das Kinderzimmerfenster, kletterten auf die Fensterbank und sprangen von dort in den Garten. Das Fenster lehnten sie wiederum vorsichtig, ganz vorsichtig an, und dann schlichen sie davon...

Wohin Carolin und Markus wollten, und das offenbar heimlich? Nun, du wirst es dir sicher schon gedacht haben: Die beiden wollten in den Wald zu der dicken, alten hohlen Eiche. Als sie um die nächste Straßenecke gebogen waren, hörten sie auf zu schleichen und fingen an zu laufen. Nach einer Weile erreichten sie den Wald.

Nun wurde es doch ein bisschen unheimlich. Überall knackte es im Geäst. Die Blätter der Bäume rauschten im Wind. Obwohl Vollmond war, war es ziemlich dunkel. Die Kinder hörten den Ruf einer Eule und zuckten zusammen. Sie fassten sich an den Händen.

"Ich habe Angst", sagte Carolin.

"Ich auch", sagte Markus.

Aber trotzdem gingen sie weiter, langsamer jetzt wieder und vorsichtiger, doch sie gingen weiter. Zweige streiften ihr Gesicht - doch sie gingen weiter. Sie stolperten über Wurzeln und spitze Steine - doch sie gingen weiter. Die Kühle der Nacht kroch unter ihre Pullover und machte ihnen eine Gänsehaut; sie schauderten - doch sie gingen weiter.

Schließlich hatten sie es geschafft! Vor ihnen stand die dicke Eiche, uralt und unerschütterlich. Carolin und Markus schauten sich um. Ob der Zauberer Schokolade schon da war? Sie konnten nichts sehen. Stärkerer Wind kam auf. Es fröstelte sie noch mehr. Sie suchten Schutz und kletterten schließlich in die hohle Eiche hinein. Sie verkrochen sich darin, und augenblicklich war ihnen warm und wohlig. Wie schon so oft stieg ihnen der Duft von Schokolade in die Nase, diesmal jedoch wunderbarer und zarter als je zuvor. Da wussten sie es plötzlich. Ganz sicher wussten sie es plötzlich: Der Zauberer Schokolade würde tatsächlich kommen!

Und dann kam er mit seiner Schokoladenzauberrakete, und es geschah alles so schokoladig-schnell, dass den Kindern fast schwindelig wurde. Die Schokoladenzauberrakete landete schokoladig-lautlos direkt in der hohlen Eiche. Die Eiche war tatsächlich so mächtig und die Höhle in ihrem Stamm so groß, dass das möglich war. Die Kinder aber sprangen auf, als der Zauberer Schokolade die Schokoladenzauberrakete schokoladig-geschickt in die Höhle steuerte. Das Herz pochte ihnen bis zum Halse...

Und dann stand er vor ihnen, der Zauberer Schokolade. Er öffnete die Schokoladentür der Schokoladenrakete, stieg heraus und stand tatsächlich vor ihnen.

"Hallo, ihr beiden!", sagte der Zauberer Schokolade und breitete die Arme aus.

"Hallo, Zauberer Schokolade!", sagten die Kinder, und dann gab es ein großes Umarmen und Händeschütteln.

"Nun müsst ihr mir aber zeigen, wo ihr wohnt", sagte der Zauberer Schokolade, als sie mit dem Umarmen und Händeschütteln fertig waren. Und so machten sie sich auf den Weg durch den Wald und durch die nächtliche Stadt - und das Schokoladengesicht des Zauberers Schokolade strahlte schokoladig-fröhlich im Glanz des Vollmondscheins -, bis sie schließlich das Haus erreichten, in dem die Borniewskis im Erdgeschoss ihre Wohnung hatten.

Vorsichtig, wiederum ganz vorsichtig, öffneten die Kinder das angelehnte Fenster. Das gleichmäßige Schnarchen des Vaters war durch die Wand zwischen Kinderzimmer und Elternschlafzimmer hindurch zu hören. Auch das leisere Schnarchen der Mutter war zu erahnen. Wenn allerdings die Eltern gewusst hätten, was da soeben in ihrer Wohnung geschah, hätten sie wahrscheinlich weniger sanft geträumt. So aber stiegen erst Carolin und Markus und dann auch der Zauberer Schokolade über die Fensterbank ins Kinderzimmer.

"Leise!" flüsterte Carolin eindringlich.

"Unsere Eltern schlafen nebenan", fügte Markus erklärend hinzu.

"Wir legen uns lieber schnell wieder ins Bett", fuhr Carolin fort.

"Und du, Zauberer Schokolade, versteckst dich am besten hier."

Markus zeigte es dem Zauberer Schokolade; der befolgte die Anweisungen, und so kam es, dass der Zauberer Schokolade den Rest dieser aufregenden Nacht im Kinderzimmerschrank verbrachte und nicht mehr einschlafen konnte, weil der Wecker so laut tickte.

**7. Kapitel:** Wie Herr und Frau Borniewski einen Besen fraßen und alle Borniewskis zu Hause blieben

Herr und Frau Borniewski schliefen so gut, dass sie am nächsten Morgen *ver*schliefen. Der Wecker, der sie hätte wecken können, tickte ja im Kinderzimmerschrank. So standen Carolin und Markus als erstes auf.

"Kann ich jetzt herauskommen?", hörten sie dumpf die Stimme des Zauberers Schokolade durch die Kinderzimmerschranktür.

"Nein, du musst noch ein bisschen warten", sagte Markus.

"Die Eltern schlafen noch", erklärte Carolin.

Dann schlichen die Kinder leise in die Küche und deckten den Frühstückstisch. Sie stellten auch eine Kerze hin und legten Servietten auf die Teller. Solches geschah sonst nur, wenn einer aus der Familie Geburtstag hatte. Schließlich gingen sie vor die Tür und pflückten im Vorgarten ein paar Blumen. Auch die kamen auf den Tisch. Nun fassten sich die Kinder an der Hand und gingen mit klopfendem Herzen zum Elternschlafzimmer. Sie öffneten die Tür und piepsten aufgeregt:

"Aufstehen, Mama und Papa!"

Herr Borniewski rekelte sich, gähnte herzhaft und plinkerte verschlafen mit den Augen. Frau Borniewski rekelte sich, gähnte herzhaft und plinkerte verschlafen mit den Augen. Dann blickten beide auf ihre Armbanduhren und - sprangen mit einem Satz in die Höhe!

"Mein Gott, wir müssten längst bei der Arbeit sein!", rief Herr Borniewski.

"Oje, und eure Schule hat ebenfalls längst angefangen!" stöhnte Frau Borniewski. "Los, los, Beeilung, Kinder!"

Beide Eltern stürzten aus dem Schlafzimmer. Auf dem Weg zum Badezimmer fiel ihr Blick allerdings in die Küche.

"Nanu, was ist denn jetzt los?", fragte Herr Borniewski verdutzt.

"Heute ist doch gar keine Feier", murmelte Frau Borniewski verwirrt.

Dann sahen die Eltern, dass die Kinder für fünf Personen gedeckt hatten.

"Ich verstehe gar nichts mehr!" Herr Borniewski kratzte sich am Kopf und deutete auf das fünfte Frühstücksgedeck

"Habt ihr etwa Besuch eingeladen?", fragte Frau Borniewski mit sorgenvoller Miene.

"Ja, wir haben Besuch eingeladen!", sagte Carolin, und ihre Stimme zitterte dabei ein wenig.

"Es ist nämlich so", fuhr Markus fort, "der Zauberer Schokolade ist zu uns gekommen!"

"Fangt ihr schon wieder mit diesem Blödsinn an!", brummte der Vater.

"Ihr seht doch, dass wir heute Morgen für solchen Firlefanz keine Zeit haben!", sagte die Mutter ungehalten.

Da gingen Carolin und Markus wortlos ins Kinderzimmer, öffneten die Tür des Kinderzimmerschranks und sagten:

"So, du kannst jetzt herauskommen, Zauberer Schokolade."

Und dann gingen die drei Hand in Hand - rechts Carolin, links Markus und in der Mitte der Zauberer Schokolade - zu den Eltern in die Küche.

"Gestatten, mein Name ist Zauberer Schokolade", sagte der Zauberer Schokolade höflich und sah Herrn und Frau Borniewski mit seinem strahlendsten Schokoladenlächeln an. Dann schüttelte er den beiden, die vollkommen sprachlos waren, die Hand.

Es dauerte eine gewisse Zeit, bis Herr und Frau Borniewski sich einigermaßen gefasst hatten. Der Mann vor ihnen schien tatsächlich ganz und gar aus Schokolade zu sein. Sein Kopf, seine Arme, seine Beine, sein Bauch, seine Füße, seine Hände, einfach alles schien aus Schokolade zu sein. Sogar seine Nase und seine Ohren, seine Haare und seine Fingernägel. Und unverkennbar roch der sonderbare Besucher auch nach Schokolade. Schließlich seine Kleidung: Nicht nur dass sie ebenfalls aus Schokolade war - es ließ sich auch nicht leugnen: Sein Mantel war der eines Zauberers; sein Hut war der eines Zauberers; der Stab in seiner Hand war der eines Zauberers. - Wie hatte er sich genannt? Zauberer Schokolade?

Doch bevor die Eltern auch nur ein Wort herausbringen konnten, sprach der Zauberer Schokolade einen schokoladigen Zauberspruch, und die Brötchen im Brotkorb verwandelten sich in Schokoladenbrötchen; die Wurst und der Käse auf dem Aufschnittteller verwandelten sich in Schokoladenwurst und Schokoladenkäse; und die Milch in den Gläsern verwandelte sich in Kakao. Nicht zu vergessen im Übrigen die Butter: Sie verwandelte sich in Schokoladenbutter.

"Ich fresse einen Besen!" stammelte Herr Borniewski.

"Ich fresse auch einen Besen!" stammelte Frau Borniewski.

Ja, Herr und Frau Borniewski sagten dies, wie man es eben so sagt: "Ich fresse einen Besen!" Sie sagten es, und dabei ahnten sie nicht, was gleich darauf geschehen sollte...Der Zauberer Schokolade nämlich grinste schelmisch. Dann sprach er einen weiteren schokoladigen Zauberspruch, und Herr und Frau Borniewski hielten plötzlich jeder einen Strohbesen in der Hand. Diese beiden Strohbesen unterschieden sich von anderen Strohbesen lediglich dadurch, dass sie nicht aus Holz und Stroh, sondern ganz und gar aus Schokolade bestanden.

"Essen Sie nur", sagte der Zauberer Schokolade fröhlich, "die Besen werden Ihnen bestimmt schmecken."

Herr und Frau Borniewski sahen sich an. Dann bissen sie jeder vorsichtig ein Stück Besenstiel ab. Dann noch eines und noch eines und immer so weiter. Als sie schließlich beide ihren ganzen Besen verspeist hatten, meinte Herr Borniewski:

"Also, mit einem Zauberbesen im Bauch, da gehe ich heute nicht zur Arbeit. Ich käme ja auch sowieso schon zu spät."

„Ich auch nicht", pflichtete Frau Borniewski ihm bei.

Die Kinder sahen die Eltern bittend an.

"Na gut", fügte Frau Borniewski hinzu, "an einem so zauberhaften Tag brauchen Kinder wohl auch nicht zur Schule."

So kam es, dass tatsächlich Herr und Frau Borniewski an diesem Tag einen Besen fraßen und alle Borniewskis zu Hause blieben.

## 8. Kapitel: Wie Direktor Oberfleiß zweimal an einem Tag Bauchschmerzen bekam

Die Schulglocke läutete. Sie läutete wie jeden Morgen pünktlich um acht. Die Kinder der Klasse 2a setzten sich auf ihre Plätze. Zur Tür herein kam ihre Lehrerin, Frau Einmaleins. Es würde ein Schultag wie jeder andere werden - *dachten* die Kinder und *dachte* Frau Einmaleins. Das heißt, zwei Kinder dachten das nicht. Zwei Kinder nämlich ahnten, dass dieser Tag anders werden würde als alle anderen...

Frau Einmaleins setzte sich ans Lehrerpult.

"Guten Morgen, Kinder!", sagte sie.

"Guten Morgen, Frau Einmaleins!" schallte es aus zweiundzwanzig Kinderkehlen zurück.

Frau Einmaleins blickte in die Runde, um festzustellen, ob alle Kinder da waren. Ja, alle waren da. Auch die beiden Borniewski-Kinder.

"Carolin und Markus, warum habt ihr denn gestern gefehlt?", fragte Frau Einmaleins.

"Ja, wissen Sie das denn nicht - unsere Mutter hat doch bei Direktor Oberfleiß angerufen -: Wir haben einen Zauberer zu Besuch!", entgegneten Carolin und Markus verwundert.

Etliche Kinder kicherten. Das war einmal eine Ausrede! Bestimmt hatten Carolin und Markus heimlich die Schule geschwänzt.

"Bei uns ist auch ein Zauberer zu Besuch!", rief der dünne Dennis und grinste. Der dünne Dennis war der Dünnste in der Klasse - und der Frechste.

"Und bei uns ist eine Hexe zu Besuch!", rief die vorlaute Veronika, die nie ihren Mund halten konnte.

Das wiederum fand der dicke Dennis, der gleich neben dem dünnen Dennis saß, so komisch, dass er losprustete wie ein Walross. Ein Tumult brach aus.

"Ruhe!!!", schrie Frau Einmaleins. "Ich will, dass hier sofort Ruhe ist!!!"

Doch sie konnte schreien, soviel sie wollte, die Kinder lachten und prusteten nur noch mehr. Sie hatten schon Tränen in den Augen und hielten sich die Bäuche vor Lachen. Du kennst das ja vielleicht: Man steckt sich mit dem Lachen gegenseitig immer wieder an und kann schließlich gar nicht mehr aufhören.

Frau Einmaleins war vom vielen "Ruhe!!!"-Schreien schon ganz heiser geworden, da ging die Tür auf, und herein trat Direktor Oberfleiß.

"Was ist denn hier los?", fragte er streng und setzte seine schuldirektorale Miene auf.

Das Lachen verstummte schlagartig. Nur vereinzelt war hier und da noch ein unterdrücktes Glucksen zu hören.

"Ach, Herr Oberfleiß", stammelte die brave Brigitte, "es ist nur so, Carolin und Markus haben gesagt, sie haben einen Zauberer zu Besuch. Und da mussten wir lachen und konnten gar nicht wieder aufhören."

Direktor Oberfleiß runzelte die Stirn. Das tat er immer, wenn er sehr ungehalten war.

"Carolin und Markus!", sagte er, und seine Stimme zitterte dabei vor Zorn. "Carolin und Markus! Schlimm genug, dass ihr gestern die Schule geschwänzt habt, weil ihr angeblich einen Zauberer zu Besuch habt. Unbegreiflich, dass eure Eltern diesen Unfug unterstützen! - Frau Kollegin", Direktor Oberfleiß wandte sich an Frau Einmaleins, "stellen sie sich vor, Frau Borniewski hat mich gestern angerufen und auch etwas von einem Zauberer gefaselt. - Also, Carolin und Markus", - Direktor Oberfleiß blickte wieder zu den Zwillingen - "wie gesagt: Was gestern gewesen ist, ist schlimm genug. Dass ihr heute aber auch noch den Unterricht mit eurem Unfug stört und eure ganze Klasse durcheinanderbringt, das geht zu weit! Das geht entschieden zu weit!! Habt ihr mich verstanden?!"

"Aber...", sagte Carolin.

"Wir haben doch wirklich einen Zauberer zu Besuch", sagte Markus.

"Jetzt..." Direktor Oberfleiß wollte eigentlich noch sagen:"... reicht es aber!" und mit der Faust auf das Lehrerpult schlagn. Doch soweit kam er nicht, denn genau in diesem Augenblick, geschah etwas, was er sein Leben lang sicher nicht vergessen würde: Von hinter der Tafel, wo ihn bisher niemand gesehen hatte, kam - der Zauberer Schokolade hervor!

"Gestatten, mein Name ist Zauberer Schokolade", sagte der Zauberer Schokolade und verbeugte sich höflich.

Frau Einmaleins wurde verdächtig blass im Gesicht. Herr Oberfleiß nahm seine Brille ab und putzte sie mit einem Taschentuch. Herr Oberfleiß nahm immer seine Brille ab und putzte sie, wenn er nicht wusste, was er von einer Sache halten sollte. Die Kinder schließlich saßen zumeist da mit offenem Mund und staunten. Nur Carolin und Markus staunten nicht. Sie nämlich hatten gewusst, dass der Zauberer Schokolade hinter der Tafel gewesen war.

"Sie dürfen sich wegen meines Namens nicht wundern", sagte der Zauberer Schokolade. "Ich heiße so, weil ich ganz und gar aus Schokolade bin, von den Haarspitzen bis zu den Schwielen unter meinen Füßen, *und* weil ich lauter schokoladige Sachen zaubern kann."

Der Zauberer Schokolade nahm seinen Zauberstab und sprach:

"Hokus- Schokus- Vier- Fünf- Sechs- Dreimal- Schwarzer- Tintenklecks!" Und im selben Augenblick verwandelte sich das Klassenzimmer der Klasse 2a in ein Schokoladenklassenzimmer. Der Fußboden verwandelte sich in einen Schokoladenfußboden, die Wände in Schokoladenwände; die Stühle, die Tische, die Tafel, das Lehrerpult, die Kreide, die Schulranzen, die Federtaschen, die Stifte, die Hefte, einfach alles war mit einem Mal aus Schokolade.

Frau Einmaleins wurde noch blasser, als sie sowieso schon gewesen war. Direktor Oberfleiß putzte wieder seine Brille, diesmal allerdings nicht mit einem Taschentuch, sondern mit dem Tafelschwamm.

Plötzlich geschah es. Frau Einmaleins kippte einfach um, und da lag sie dann, lang ausgestreckt und kreidebleich im Gesicht.

"Ist sie tot?", fragte die ängstliche Angela.

"Ich glaube nicht", sagte der kluge Knut fachmännisch. Sein Vater war Arzt; da kannte er sich mit so etwas aus. "Sie atmet noch. Bestimmt ist sie nur ohnmächtig geworden."

Direktor Oberfleiß verzog das Gesicht. Sein Magen fing gewaltig an zu rumoren. Direktor Oberfleißens Magen rumorte immer, wenn ihm eine Sache über den Kopf wuchs. Und diese Sache wuchs ihm ganz entschieden über den Kopf.

"Eine Klasse, die außer Rand und Band ist, eine Lehrerin, die in Ohnmacht fällt, ein Klassenzimmer aus Schokolade und ein Zauberer, der richtig zaubern kann, und das alles in *meiner* Schule!", stöhnte er. "Nein, das geht nicht! Das geht gar nicht - was wird man bloß über mich sagen?!"

"Aber, mein lieber Herr Direktor Oberfleiß", sagte der Zauberer Schokolade freundlich, "Sie sind ja ganz außer sich." Leise sprach er einen kleinen schokoladigen Zauberspruch. Die Folge dieses Zauberspruches war, dass Direktor Oberfleiß plötzlich ein Stück Spezialzauberschokolade im Mund hatte. Spezialzauberschokolade ist, wie du dir sicher gedacht hast, eine sehr spezielle Schokolade. Sie macht, dass aller Kummer und alle Sorgen davonfliegen, als wären sie nie gewesen.

Tatsächlich ging es Direktor Oberfleiß augenblicklich besser. Mit einem Mal fand er die ganze Sache eigentlich sehr lustig. Auch Frau Einmaleins, die kurze Zeit später aus ihrer Ohnmacht erwachte, bekam ein Stück Spezialzauberschokolade und war danach wie ausgewechselt.

Der Zauberer Schokolade musste den ganzen Rest der Stunde erzählen, von sich, von der Zaubererwelt und, wie es gekommen war, dass er in der Menschenwelt gelandet war. Alle hörten gespannt zu, die Kinder, Frau Einmaleins und Direktor Oberfleiß. Ja, auch Direktor Oberfleiß, der es gewohnt war, dass alle *ihm* zuhörten, lauschte andächtig den Worten des Zauberers Schokolade - und dachte bei sich: "Ich werde berühmt werden! Ich werde wahrhaftig berühmt werden als der Direktor, dessen Schule der einzigartige Zauberer Schokolade besucht hat!"

Später, als Direktor Oberfleiß das Klassenzimmer verlassen hatte und wieder in seinem Schuldirektorenzimmer am Schreibtisch saß, fand er dort eine Überraschung. Es stand dort eine herrliche Schokoladentorte. Direktor Oberfleiß leckte sich die Lippen. Und dann aß er ein Stück nach dem anderen, bis nicht ein einziger Krümel von der Torte mehr übrig war. Du musst nämlich wissen: Es gab nichts auf der Welt, was Direktor Oberfleiß lieber aß als Schokoladentorte.

Doch nun, nachdem er also die ganze riesige Schokoladentorte allein verspeist hatte, hatte er wohl zu viel gegessen. Und so kam es, dass Direktor Oberfleiß zum zweiten Mal an diesem Tag Bauchschmerzen bekam. Das hatte der Zauberer Schokolade mit seiner Schokoladentorte zwar nicht bezweckt. Aber warum konnte Direktor Oberfleiß sich auch nicht bezähmen?

**9. Kapitel:** Wie der Zauberer Schokolade Urheber
verdächtiger Spuren wurde

Am nächsten Morgen war der Himmel wolkenverhangen. Es war kühl und sah nach Regen aus. "Ich glaube, ich nehme meinen Schirm mit", sagte Herr Borniewski, als er sich auf den Weg zur Arbeit machte.

"Und wir ziehen wohl am besten unsere Regenjacken über", sagten Carolin und Markus, die sich gerade für die Schule fertig machten.

Der Zauberer Schokolade schließlich, der wieder mitkommen wollte zur Schule, meinte: "Ihr habt recht, es sieht wirklich ungemütlich draußen aus." Sprach's und zauberte sich einen Schokoladenregenmantel herbei.

Niemand - die Eltern nicht, die Kinder nicht und auch der Zauberer Schokolade nicht - ahnte, was kurze Zeit später geschehen sollte...

Kurze Zeit später nämlich - Herr und Frau Borniewski hatten gerade mit ihrer Arbeit begonnen, und Carolin und Markus und der Zauberer Schokolade hatten gerade Frau Einmaleins einen guten Morgen gewünscht -, kurze Zeit später also, da riss der Himmel auf, die Wolken verzogen sich und die Sonne brach durch. Und wie die Sonne durchbrach! Aus dem düster-grauen Regentag wurde plötzlich ein strahlend-heller Sommertag!

Und es wurde warm. Es wurde warm und immer wärmer. Als in der Schule die erste Stunde vorüber war, war es so warm geworden, dass die Kinder ohne ihre Jacken auf den Pausenhof gingen. Als in der Schule die zweite Stunde vorüber war, war es so warm geworden, dass Frau Einmaleins die Fenster im Klassenzimmer öffnete, damit sie ein wenig frische Luft hatten. Und als in der Schule die dritte Stunde vorüber war, war es so warm geworden, dass Direktor Oberfleiß den Kindern hitzefrei gab.

Ja, es war wirklich warm geworden. Was sage ich warm? Heiß war es geworden! So heiß, wie es seit Jahren nicht mehr in der Stadt gewesen war!

Die Kinder gingen von der Schule nach Hause. Alle gingen sie langsam, denn in dieser Hitze *konnte* man nur langsam gehen. Und alle schwitzten sie, denn in dieser Hitze *konnte* man nur schwitzen. Kein Kind hatte mehr eine Jacke, geschweige denn eine Regenjacke an. Am liebsten hätten sie alle auch Hosen, Pullover und Hemden ausgezogen und wären in Badehose gelaufen. Leider nur hatte kein Kind eine Badehose dabei...

Auch der Zauberer Schokolade hatte keine Regenjacke mehr an. Er hatte seine Schokoladenregenjacke einfach wieder fortgezaubert. Auch er ging langsam. Und auch er schwitzte.

Ja, auch der Zauberer Schokolade schwitzte. Wie du dir vielleicht vorstellen kannst, schwitzte er sogar viel stärker als die Menschen. Schokolade schmilzt bekanntlich, wenn sie warm wird. So rann dem Zauberer Schokolade der Schokoladenschweiß in dicken Schokoladenbächen den Schokoladenkörper hinunter, während er mit Carolin und Markus von der Schule nach Hause ging.

Der Zauberer Schokolade schwitzte überall. Er schwitzte auf dem Kopf und unter den Armen. Er schwitzte auf dem Bauch und an den Beinen. Er schwitzte hinter den Ohren und über der Nase. Ja, schließlich schwitzte er sogar unter den Füßen.

Da aber geschah etwas, was zwar der Zauberer Schokolade selbst und auch Carolin und Markus gar nicht bemerkten, was viele andere Menschen jedoch in große Aufregung versetzte! Es geschah nämlich dies, dass die Schokoladenschweißfüße des Zauberers Schokolade anfingen, Schokoladeschweißfußspuren, dunkle, schokoladige Schokoladenschweißfußspuren, auf dem Weg zu hinterlassen.

Wie gesagt, der Zauberer Schokolade selbst und auch Carolin und Markus bemerkten die Schokoladenschweißfußspuren gar nicht. Die erste, die Schokoladenschweißfußspuren entdeckte, war eine bleichgesichtige Dame namens Petunia Perlenweiß.

Petunia Perlenweiß nun war zutiefst erschrocken, als sie die merkwürdigen, schokoladig-dunklen Fußabdrücke sah, und wurde noch bleicher im Gesicht, als sie sowieso schon war. Vor Aufregung zitternd klingelte sie bei ihrer Freundin Tatjana Tatendrang, die ganz in der Nähe wohnte.

"Meine liebe Tatjana", flüsterte sie atemlos, als Tatjana Tatendrang die Tür öffnete, "meine liebe Tatjana, da draußen auf dem Fußweg sind Spuren!"

"Was für Spuren?!" fragte Tatjana Tatendrang tatendurstig.

"Dunkle Fußspuren. Sie sehen aus, als wären sie aus Schokolade; sie riechen, als wären sie aus Schokolade; sie *sind* am Ende gar aus Schokolade!"

"Wie geheimnisvoll!" Tatjana Tatendrang strahlte. Tatjana Tatendrang strahlte immer, wenn sie ein Geheimnis witterte, dass sie erforschen konnte.

Tatjana Tatendrang zögerte darum nicht. Sie machte sich sofort auf, der rätselhaften Spur zu folgen. Die ängstlich jammernde, aber doch auch ein bisschen neugierige Petunia Perlenweiß schleifte sie mit sich mit.

Tatjana Tatendrang untersuchte die Schokoladenschweißfußspuren zunächst einmal gründlich.

"Kein Zweifel", sagte sie schließlich, es handelt sich hier um Schokolade. - Komm", sagte sie dann zu Petunia Perlenweiß, "wir müssen herausfinden, wer diese Spuren hinterlassen hat."

In diesem Augenblick kam der alte pensionierte Lehrer Studienrat Schlauberger des Weges.

"Guten Tag, die Damen", sagte er höflich.

Dann stutzte er. Auch er hatte jetzt die Schokoladen-schweißfußspuren entdeckt. Der schlaue Studienrat Schlauberger blickte ziemlich ratlos und verwirrt drein. Er, der sonst immer alles wusste, wusste auf einmal nicht, was er sagen sollte. Schließlich, nach einer ganzen Weile, meinte er:

"Erstaunlich, höchst erstaunlich!" und schüttelte sein weises Haupt.

"Nicht wahr", erwiderte Tatjana Tatendrang, "hier gibt es ein Geheimnis zu erforschen!"

Und dann schleifte sie auch Studienrat Schlauberger mit sich mit, um der Sache auf den Grund zu gehen.

Nach wenigen Metern Spur stießen sie auf den Postboten Umschlag. Auch Herr Umschlag fand die Sache mit den Schokoladenspuren erstaunlich. Dann fand er, dass die Leute heute ruhig einmal etwas länger auf ihre Post warten konnten und schloss sich den Schokoladenspurenerforschern an. Sein Fahrrad schob er dabei neben sich her.

Kurze Zeit darauf kamen die vier an der Fahrradwerk-statt Drahtesel vorbei. Herr Drahtesel sah mit fachmänni-schem Blick sofort den Postboten, wie er sein Fahrrad schob. Er kam aus seiner Werkstatt geeilt. Dienstbeflissen sagte er:

"Herr Postbote, ich sehe, Sie haben eine Panne. Drahtesel mein Name. Ich habe hier die Fahrradwerkstatt. Kann ich Ihnen behilflich sein?"

Der Postbote Umschlag schüttelte den Kopf.

"Mit meinem Fahrrad ist nichts. Das ist völlig in Ordnung. Ich schiebe nur deshalb, weil wir diesen merkwürdigen Spuren hier folgen."

Jetzt sah auch Herr Drahtesel die Schokoladenfußabdrücke. Entschlussfreudig, wie er war, beschloss er, seine Werkstatt zu schließen.

"Ich schließe mich Ihnen an", sagte er. Und so waren es nun schon fünf Schokoladenschweißfußspurenerforscher, die der Schokoladenschweißfußspur des Zauberers Schokolade folgten.

Wenn fünf Menschen an einem so heißen Vormittag, wie dieser einer war, zusammen durch die Straßen ziehen und offenbar sehr beschäftigt sind, dann erregt das Aufmerksamkeit. Wer läuft schon freiwillig bei solcher Hitze durch die pralle Sonne?!

Es dauerte nicht lange, und aus den fünf Schokoladenschweißfußspurenerforschern waren zehn geworden. Und als es nun erst einmal zehn waren, da dauerte es nicht mehr lange, und es waren zwanzig. Und als es erst einmal zwanzig waren, da dauerte es nicht mehr lange, und die Polizei sah sich genötigt, einmal nach dem Rechten zu sehen.

Die Polizei, sie kam also auch. Und zwar kam sie in Gestalt von Hauptwachtmeister Ehrenwert. Hauptwachtmeister Ehrenwert nahm, wie er sich ausdrückte, "die Fakten zu Protokoll" und setzte sich an die Spitze des Zuges.

"Die Polizei in dieser Stadt ist zur Stelle", sagte er mit wichtiger Miene, "wenn irgendwo verdächtige Spuren auftauchen!"

Die verdächtigen Spuren führten Hauptwachtmeister Ehrenwert und all die anderen schließlich zu dem Haus, in dem die Borniewskis wohnten. Hauptwachtmeister Ehrenwert trat ins Treppenhaus und stellte mit polizeilichem Scharfblick fest, dass die Spuren dort vor der Wohnung der Borniewskis endeten. Inzwischen hatten etliche Nachbarn den Menschenauflauf entdeckt und wollten natürlich auch wissen, was da vor sich ging. So wurde der Menschenauflauf noch größer. Mindestens dreißig Menschen drängten sich in dem engen Gang.

Mit ernster Miene und unter den gespannten Blicken der Menge waltete nun Hauptwachtmeister Ehrenwert seines Amtes und klingelte bei den Borniewskis. Frau Borniewski, die von ihrer Arbeit bereits zurück war, öffnete, sah den Polizisten und die vielen Menschen und - wäre fast in Ohnmacht gefallen, hätte Hauptwachtmeister Ehrenwert sie nicht mit polizeilicher Geistesgegenwärtigkeit aufgefangen.

"Setzen Sie sich erst einmal, gute Frau", sagte er. Dann erklärte er die Lage.

In diesem Augenblick trat der Zauberer Schokolade aus dem Kinderzimmer. Er hatte die Worte des Wachtmeisters gehört. Nun sagte er mit formvollendeter Höflichkeit:

"Gestatten, mein Name ist Zauberer Schokolade. Ich glaube, ich bin der Urheber der geheimnisvollen Schokoladenspuren."

**10. Kapitel:** Wie Carolin und Markus in die
Zaubererwelt reisten und wie eine
ganze Menge im Geheimen passierte

Es lässt sich denken , dass sich nach den Ereignissen der letzten beiden Tage die Nachricht wie ein Lauffeuer in der Stadt verbreitete: Bei den Borniewskis im Rosenkamp ist ein echter Zauberer zu Besuch, der nicht nur richtig zaubern kann, sondern der auch noch ganz und gar aus Schokolade ist!

Die Kinder aus Carolins und Markus' Klasse erzählten es den Kindern aus den anderen Klassen und ihren Eltern und Geschwistern, ihren Tanten und Onkeln, ihren Großmüttern und Großvätern.

Direktor Oberfleiß erzählte die Geschichte seinen Direktorenkollegen auf einer Direktorenkonferenz.

Frau Einmaleins fuhr zur Kur, und bald wusste jeder im ganzen Kurort, jeder Arzt, jede Schwester und jeder Kurgast über den Zauberer Schokolade Bescheid.

Petunia Perlenweiß und Tatjana Tatendrang berichteten wohl hundertmal auf allen Kaffeekränzchen in der Stadt von der aufregenden Entdeckung der Schokoladenspuren.

Studienrat Schlauberger schrieb einen sehr schlauen und sehr wissenschaftlichen Artikel für den Stadtanzeiger.

Postbote Umschlag überreichte jeden Brief persönlich und sagte dazu: "Haben Sie schon gehört? Die Sache mit dem Zauberer Schokolade? Ich kann Ihnen sagen, ich war dabei..."

Fahrradhändler Drahtesel ließ seine Drahtesel Drahtesel sein, machte die Werkstatt zu und hängte ein Schild an die Tür: "Bis auf weiteres geschlossen wegen der geheimnisvollen G/ schehnisse in unserer Stadt".

Mit einem Wort, im ganzen Ort sprach man nur noch über das eine: die Sache mit dem Zauberer Schokolad .

Der berühmte Zauberer selbst blieb noch ei∩ge Tage bei den Borniewskis und sorgte auch weiterhin für Aufregung in der Stadt. Schließlich sagte er jedoch zu Carolin und Markus:

"Wisst ihr was, Kinder, ich habe Sehnsucht nach der Zaubererwelt. Ich werde jetzt einmal wieder nach Hause zu meinem Schokoladenschloss fliegen. Ich kann euch ja ein andermal wieder besuchen."

"O, schade!", rief Carolin.

Markus aber sagte und sah den Zauberer Schokolade dabei mit großen, bittenden Augen an:

"Du, Zauberer Schokolade, nimm uns doch einfach mit!"

"Ja", rief Carolin begeistert, "du hast uns besucht, und jetzt besuchen wir dich!"

"Ach, das werden eure Eltern bestimmt nicht erlauben", meinte der Zauberer Schokolade.

Doch da täuschte er sich. Herr und Frau Borniewski fanden den Vorschlag gut. Und so kam es, dass Carolin und Markus mit dem Zauberer Schokolade in den Wald gingen, genauer gesagt zu der dicken alten Eiche, und in die Schokoladenrakete stiegen, die dort in der Höhle im mächtigen Stamm der Eiche noch wohlbehalten stand. Jetzt war es Freitag. Am Sonntagabend sollten sie zurückkommen, damit sie Montag wieder zur Schule gehen konnten.

Der Zauberer Schokolade startete. Er setzte seine Rakete in Gang, und dann blieb den Kindern vor Staunen der Mund offenstehen! Mit schokoladig-schneller Geschwindigkeit sauste die Schokoladenrakete davon. Die Kinder starrten durch die Schokoladenfenster der Schokoladenrakete. Doch sie konnten gar nicht so schnell hinschauen, wie alles an ihnen vorbeiflog. Ein Wimpernschlag, und die Erde lag hinter ihnen. Ein zweiter Wimpernschlag, und sie tauchten durch den ersten Himmel. Und es dauerte nur wenige weitere Augenblicke, da hatten sie alle sieben Himmel durchflogen und steuerten direkt auf die Zaubererwelt zu.

Die Landung war schokoladig-sanft und lautlos. Carolin und Markus und der Zauberer Schokolade stiegen aus. Einen kurzen Moment standen die Kinder zögernd in der fremdartigen Welt, die sie nun umgab. Hier war wirklich alles anders als in der Menschenwelt!

Dann aber gab es für die beiden kein Halten mehr. Sie gingen auf Entdeckungstour. Alles und jedes mussten sie sich genau besehen. Alles und jedes mussten sie bestaunen: das Schokoladenschloss mit seinen sieben Schokoladentürmen, seinen sieben Schokoladenzimmern und seinen sieben Schokoladenfenstern und -türen, den Schokoladengarten mit der Schokoladenwiese, den Schokoladenbäumen und den Schokoladenblumen - es gab so vieles und immer noch mehr zu besehen und zu bestaunen! Carolin und Markus wussten kaum, wohin sie zuerst schauen sollten.

Der Zauberer Schokolade ging inzwischen zu seinem Schokoladentelefon und rief seine Freunde an: den Zauberer Keks, den Zauberer Saure Gurke, den Zauberer Bücherstaub und, wie sie alle hießen. Sogar den Zauberer Juckpulver. Eigentlich war der Zauberer Schokolade dem Zauberer Juckpulver zwar böse wegen seines dummen Scherzes, mit dem er ihn in so große Gefahr gebracht hatte. Andererseits: Ohne diesen Scherz hätte er Carolin und Markus nicht kennengelernt. Von daher...

Es dauerte eine Weile, bis der Zauberer Schokolade alle seine Freunde angerufen hatte. Als er damit fertig war, traf er einige weitere Vorbereitungen. Auf seinem Gesicht machte sich ein schokoladig-verschmitztes Lächeln breit. Dann suchte er die Kinder.

"Carolin und Markus", sagte er, "ich glaube, jetzt habt ihr für heute genug erlebt und genug Aufregung gehabt. Ihr seht schon ganz müde aus. Geht euch doch ein wenig ausruhen.

Nachher essen wir dann noch zusammen ein schönes schokoladiges Abendbrot. Was haltet ihr davon?"

"Ich bin noch gar nicht müde", sagte Markus.

"Ich auch noch nicht", sagte Carolin.

Doch plötzlich mussten beide so herzhaft gähnen, dass der Zauberer Schokolade lachte: "Na, wenn *ihr* nicht müde seid, dann bin ich der Zauberer Saure Gurke!"

Er führte die Kinder ins Gästezimmer des Schokoladenschlosses, und als die beiden das schokoladig-weiche Gästebett des Zauberers Schokolade sahen, da wurden ihnen Arme und Beine schokoladig-schwer. Sie mussten noch herzhafter gähnen als vorhin. Schließlich ließen sie sich mitsamt ihren Kleidern in die Decken fallen und schliefen augenblicklich ein.

Während die Kinder wunderschön-schokoladige Träume träumten, füllte sich das Haus des Zauberers Schokolade. Zur Tür herein kamen nach und nach all die Freunde, die der Zauberer Schokolade angerufen hatte: der Zauberer Keks, der Zauberer Saure Gurke, der Zauberer Bücherstaub und all die anderen.

Sie kamen, und jeden begrüßte der Zauberer Schokolade herzlich. Nur einen begrüßte er nicht. Der schlüpfte nämlich still und heimlich zur Tür mit herein, ohne dass irgendjemand es merkte. Der heimliche Gast wollte nicht, dass er gesehen wurde. Und das hatte einen triftigen Grund: Er führte nichts Gutes im Schilde! (Eingeladen war er im Übrigen natürlich sowieso nicht.)

Die Gäste versammelten sich im Esszimmer des Schokoladenschlosses. Alle hatten sie etwas mitgebracht. Und alle stellten sie das, was sie mitgebracht hatten auf den großen Schokoladenesstisch.

Auch der heimliche Gast hatte etwas mitgebracht. Heimlich mischte er es unter die anderen Leckereien. Gesehen wurde er wieder nicht.

Inzwischen hatte der Zauberer Schokolade mit seinen Freunden noch etwas zu besprechen. Sie tuschelten eine ganze Weile. Er erklärte ihnen etwas, und sie schienen es zu wiederholen. Dann aber kam endlich der große Augenblick. Der Zauberer Schokolade bat die Freunde, mucksmäuschenstill zu sein, ging feierlich zur Tür seines Gästezimmers, klopfte an und öffnete.

Die Kinder reckten und streckten sich.

"Abendbrotszeit", rief der Zauberer Schokolade. "Kommt, es steht schon alles auf dem Tisch!"

Gähnend standen die Kinder auf und folgten ihrem schokoladigen Freund ins Esszimmer. Sie waren noch immer müde. Als sie jedoch die Überraschung sahen, die im Esszimmer auf sie wartete, waren sie mit einem Schlag putzmunter!

Der Esstisch war aufs Festlichste geschmückt mit der feinsten Schokoladentischdecke, die der Zauberer Schokolade besaß, mit den herrlichsten Schokoladenblumen, mit wunderbar duftenden Schokoladenkerzen. Und inmitten dieser Pracht standen Töpfe über Töpfe mit den köstlichsten Speisen, die sich denken ließen: eine hokus-schokus-mäßige Schokoladentorte (sie stammte natürlich vom Zauberer Schokolade), ein abrakadabrischer Saure-Gurken-Salat (er stammte natürlich vom Zauberer Saure Gurke), ein simsalabimbischer Butterkeks (er stammte natürlich vom Zauberer Keks), ein Glas magischleckerer Bücherstaubmarmelade (sie stammte natürlich vom Zauberer Bücherstaub) und noch so viel mehr, dass ich es hier unmöglich alles aufzählen kann.

Ja, und um den Tisch herum saßen sie alle, die Freunde des Zauberers Schokolade. Sie saßen dort, und als nun die Kinder vor ihnen standen, ganz überwältigt von dem, was sie da sahen, stimmten die Zauberer alle gemeinsam ein Lied an, ein Lied, das der Zauberer Schokolade sich ausgedacht hatte (du erinnerst dich vielleicht, dass der Zauberer Schokolade vorhin noch etwas mit seinen Freunden zu besprechen hatte - da ging es eben um dieses Lied). Der Zauberer Schokolade und seine Freunde sangen also:

"Herzlich willkommen, ihr Menschenkinder,
bei uns in der Zaubererwelt!
Herzlich willkommen, ihr Menschenkinder,
wir hoffen, dass es euch hier gefällt.
Simsalabim, ihr Menschenkinder,
wir wollen Freunde sein!
Simsalabim, ihr Menschenkinder,

reicht uns die Hand, wir schlagen ein!
Und nun langt zu, ihr Menschenkinder,
der Tisch, er ist bereit!
Und nun langt zu, ihr Menschenkinder,
ein Zauberfest, das gibt es heut'!"

Als das Lied beendet war, standen nacheinander alle Zauberfreunde des Zauberers Schokolade auf und stellten sich vor.

"Ich bin der Zauberer Keks und von heute an euer Freund", sagte der Zauberer Keks und reichte Carolin und Markus die Hand.

"Ich bin der Zauberer Saure Gurke und von heute an euer Freund", sagte der Zauberer Saure Gurke und reichte Carolin und Markus die Hand.

"Ich bin der Zauberer Bücherstaub und von heute an euer Freund", sagte der Zauberer Bücherstaub und reichte Carolin und Markus die Hand.

So ging es weiter, bis Carolin und Markus vom vielen Händeschütteln schon die Hände wehtaten.

"So viele Freunde auf einmal!" stammelte Markus.

"Und alle Zauberer!" stammelte Carolin.

"So, nun geht es aber los mit dem Essen!", sagte der Zauberer Schokolade und öffnete die Schüsseln und Töpfe auf dem Tisch.

Carolin und Markus taten sich von jeder der zauberhaften Leckereien etwas auf den Teller. Unter den gespannten Augen der Zauberer nahmen sie den ersten Bissen. Sie nahmen ihn und führten ihn zum Mund. Was gleich darauf geschehen sollte, ahnten sie nicht. Nein, sie ahnten es nicht, sondern sie führten, genießerisch und ahnungslos eben, diesen ersten Bissen zum Mund, während der heimliche Gast heimlich und, mit einem hämischen Grinsen sich die Hände reibend, zuschaute...

**11. Kapitel:** Wie beinahe etwas Schlimmes passiert wäre

Ja, Carolin und Markus ahnten nichts Böses. Doch genau in dem Augenblick, da sie den ersten Bissen vom Festessen im Schokoladenzauberschloss des Zauberers Schokolade in den Mund schieben wollten, sprang einer der Zauberfreunde des Zauberers Schokolade auf.

"Halt! Stopp!", rief er mit hastiger, lauter, sich fast überschlagender Stimme. "Nicht essen!"

Alle starrten erschrocken den an, der da gerufen hatte. Es war der Zauberer Brille, der - wie du dir sicher schon gedacht hast - ganz und gar aus Brillen bestand.

Alle starrten also erschrocken den Zauberer Brille an: Was war denn los? Was hatte er? Der Zauberer Brille nämlich war sonst stets die Ruhe selbst, langsam, bedächtig und niemals laut. Und überhaupt sagte er kaum einmal etwas. Er hatte gar keine Zeit dazu, denn er musste sich mit seinem Brillenblick immer alles genauestens ansehen. Sehen, das konnte er im Übrigen auch ausgezeichnet. Er konnte die kleinste Schrift lesen, wo andere nur noch weißes Papier sahen; *und* er konnte sogar sehen, was hinter dem Horizont lag.

Ja, alle starrten den Zauberer Brille an. Und der erklärte - nun doch so, wie man es von ihm kannte - langsam und bedächtig:

"Der Zauberer Giftpilz ist hier."

Da wussten mit einem Schlag alle Zauberer Bescheid. Der Zauberer Giftpilz, der ganz und gar aus Giftpilzen bestand (klar, das hast du dir gedacht) war ein böser Zauberer, genauer gesagt der einzige böse Zauberer in der Zaubererwelt. Weil er aber der einzige böse Zauberer in der Zaubererwelt war, war er leider gleich besonders böse. Er vergiftete alles, was er in seine giftigen Finger bekam. Jetzt zum Beispiel hatte er das Festessen im Schokoladenzauberschloss des Zauberers Schokolade vergiftet, hatte sämtliche Leckereien in sämtlichen Töpfen ganz und gar vergiftet!

Vor Jahren, als er es schon einmal gar zu toll getrieben hatte, hatte man den Zauberer Giftpilz in die Zauberwüste verbannt. Alle anderen Zauberer waren sich, wie es in einem solchen Fall nötig war, einig gewesen und hatten den Bannspruch gesprochen. Sie hatten gehofft, dass sie nun für immer Ruhe vor dem Zauberer Giftpilz haben würden. Die Zauberwüste nämlich war nicht nur ein öder Ort, nicht nur eine endlose, leblose Weite. Sie war vor allem ein Ort, von dem es keine Wiederkehr gab. Wer in die Zauberwüste verbannt wurde, musste für immer dortbleiben. Der musste für immer in dieser Einsamkeit ausharren, es sei denn er fand den Gegenbannspruch. Das aber war fast unmöglich. Den Gegenbannspruch konnte man nur finden, wenn man den Gegenbannspruchstein fand - wenn man inmitten der endlosen, leblosen Weite der Zauberwüste, inmitten dieses Ozeans aus Sand und Stein und Sand und Stein und Sand und Stein eben jenen Gegenbannspruchstein fand, auf dem allein der Gegenbannspruch aufgezeichnet und in Erfahrung zu bringen war.

Der Zauberer Giftpilz nun hatte es offenbar geschafft. Er hatte offenbar das eigentlich Unmögliche geschafft und den Gegenbannspruchstein und damit den Gegenbannspruch gefunden! Ja, er musste es geschafft haben, und nun war er, wie es schien, gekommen, um sich zu rächen. Heimlich war er gekommen. Heimlich und so geschickt hatte er sein giftiges Rachewerk begonnen, dass niemand es gesehen hätte, wäre nicht der Zauberer Brille dagewesen, der mit seinem scharfen Brillenblick alles sah.

Sämtliche Zauberer durchfuhr ein großer Schrecken, als sie sich das alles überlegt hatten. Der Zauberer Giftpilz war aus der Verbannung entkommen, und er war gekommen, um sich zu rächen! Carolin und Markus sahen, wie ihren neuen Freunden der Zauberschweiß auf den Zauberstirnen stand, und bekamen ebenfalls einen großen Schreck. Ja, ein einziger großer Schrecken lag über der ganzen Festgesellschaft!

Plötzlich aber kam frischer Wind durch die offenen Fenster herein, und es war, als wäre mit ihm aller Schrecken davongeweht. Der Zauberer Schokolade und seine Freunde lachten. Was hatten sie sich nur so ins Bockshorn jagen lassen! Der

Zauberer Brille hatte sie doch noch rechtzeitig gewarnt! Ja, wenn er mit seinem scharfen Brillenblick nicht so oberbrillig scharf hingesehen hätte, dann hätte es schlimm ausgehen kön-nen... Nicht auszudenken, was geschehen wäre, wenn sie alle von dem vergifteten Essen gegessen hätten!

Aber sie hatten eben *nicht* davon gekostet; und sie wuss-ten jetzt Bescheid; und es war ihnen auch klar, was nun zu tun war. Ja, was musste nun geschehen? Es war eigentlich gar nicht schwer. Sie mussten - jeder für das Essen, das er mitge-bracht hatte - einen Gegenzauberspruch sprechen, der Zaube-rer Schokolade einen schokoladigen für seine Schokoladen-torte, der Zauberer Bücherstaub einen bücherstaubigen für seine Bücherstaubmarmelade und so weiter.

Ja, es war ganz einfach und ging ganz schnell. Der Zau-berer Schokolade und seine Freunde sprachen jeder ihren Ge-genzauberspruch, und alles wurde augenblicklich entgiftet. Die Macht des Verderbens wurde gebrochen, und alle verga-ßen den Zauberer Giftpilz; alle vergaßen die Gefahr, in der sie sich befunden hatten; und alle vergaßen ihren Schreck. So wa-ren bald alle wieder bester Stimmung, und das Festmahl nahm endlich seinen festlichen Lauf.

**12. Kapitel:** Wie der Zauberer Schokolade und seine
Zauberfreunde eine aufregende Entdeckung
machten und wie es am Ende ein böses
Erwachen gab

Es war Sonntagabend. Das Zauberfest im Schokoladenzauberschloss des Zauberers Schokolade war zu Ende. Gerade
hatte der Zauberer Schokolade Carolin und Markus zu ihren
Eltern zurückgebracht. Gerade hatte er ihnen zum Abschied
noch einmal wehmütig zugewunken. (Zu und zu schön wäre
es gewesen, wenn die Kinder noch länger bei ihm hätten bleiben können.) Und gerade befand er sich nun mit seiner Schokoladenzauberrakete auf dem Rückflug von der Menschenwelt durch die sieben Himmel zur Zaubererwelt. Da geschah
es, dass der Zauberer Schokolade, ohne dass er selber es
merkte, mitten hindurchflog durch eine höchst seltsame
Wolke.

Ja, seltsam war diese Wolke: Klein, viel kleiner als ge-
wöhnliche Wolken, war sie, so klein, dass es schier unglaublich
war, dass die Zauberrakete in der unendlichen Weite der sieben Himmel ausgerechnet und genau mit ihr zusammenge-
troffen war. Zudem sah sie merkwürdig aus: Sie hatte die
Form eines langen, spitzen Kegels und bestand aus feinem, al-
lerfeinstem Himmelsstaub. Dieser Himmelsstaub wiederum
sah nicht grau aus wie gewöhnlicher Himmelsstaub; die ganze

Wolke glitzerte und funkelte vielmehr silbern-metallisch. An einigen Stellen blinkte es auch golden, und dieses Blinken war wie das Blinken von geheimnisvollen Leuchtzeichen.

Ja, seltsam war diese Wolke. Aber wie gesagt, der Zauberer Schokolade bekam nichts davon mit, als er genau durch sie hindurchflog. Er flog weiter mit schokoladig-schneller Geschwindigkeit durch die sieben Himmel, bis er die Zaubererwelt erreichte und vor seinem Schokoladenzauberschloss landete.

Mit der Schokoladenzauberrakete war inzwischen eine Veränderung vor sich gegangen. Der Zauberer Schokolade allerdings sah es wiederum nicht, als er ausstieg. Er nahm es einfach nicht wahr, denn in Gedanken war er noch immer bei Carolin und Markus.

"Ach, ich vermisse die beiden schon jetzt!" dachte er und trat durch das Tor seines Schokoladenzauberschlosses.

Der Zauberer Schokolade war müde und ging früh ins Bett. Die ganze Nacht stand die Schokoladenzauberrakete vor dem Schokoladenzauberschloss, und der Zauberer Schokolade schlief seinen schokoladigen Schlaf und bemerkte noch immer nicht, was mit ihr vor sich gegangen war.

Erst am nächsten Morgen schaute der Zauberer Schokolade aus einem der sieben Fenster seines Schokoladenzauberschlosses in seinen Schokoladenzaubergarten. Und da sah er es endlich, dass mit seiner Schokoladenzauberrakete etwas nicht stimmte, dass nämlich von ihr ein ganz sonderbarer Glanz ausging...

Der Zauberer Schokolade rieb sich seine Schokoladenaugen und blinzelte. Noch immer sah er dieses sonderbare Glänzen. Da stürmte er in den Schokoladenzaubergarten zu seiner Schokoladenzauberrakete, um das Ganze genauer zu untersuchen.

So stand denn der Zauberer Schokolade bald vor seiner Schokoladenzauberrakete und staunte. Kein Zweifel, es handelte sich tatsächlich um *seine* Rakete. Sie roch noch immer ganz wunderbar schokoladig. Der Zauberer Schokolade leckte an einem ihrer Flügel. Sie schmeckte auch eindeutig schokoladig. Ihr Aussehen allerdings war ganz und gar *nicht* schokoladig: Sie war über und über bedeckt mit einer dichten Schicht silbrig glänzenden Staubes. An einigen Stellen überdies sah der Zauberer Schokolade es golden blinken wie von geheimnisvollen Leuchtzeichen.

*Du* hast ja vielleicht schon eine Ahnung, woher all die sonderbaren Veränderungen an der Schokoladenrakete rührten. Der Zauberer Schokolade selbst aber, er hatte keine Ahnung. Er stand da und staunte noch immer, staunte mit offenem Mund.

Als er sich endlich einigermaßen wieder gefasst hatte, ging er ins Haus und rief mit seinem Schokoladenzaubertelefon alle seine Freunde an.

"Du musst unbedingt kommen; mit meiner Schokoladenzauberrakete ist etwas absolut Merkwürdiges geschehen!" So sagte der Zauberer Schokolade zu jedem seiner Freunde.

Und es dauerte nicht lange, und der Zauberer Keks, der Zauberer Bonbon, der Zauberer Saure Gurke und, wie sie alle hießen, ja, sie alle standen mit dem Zauberer Schokolade um seine Schokoladenzauberrakete herum und staunten.

Nur einer staunte nicht. Dieser eine, der nicht staunte, war der Zauberer Bücherstaub. Du kannst dir sicher denken, dass der Zauberer Bücherstaub, der sich nur und nur von Bücherstaub ernährte, sehr belesen war. Er war darum sehr klug und kannte selbst viele der geheimsten Geheimnisse.

Der Zauberer Bücherstaub nun wusste auch dieses Geheimnis, das Geheimnis der silbrig glänzenden, mit goldenen Leuchtzeichen bedeckten Schokoladenzauberrakete des Zauberers Schokolade zu lösen.

"Hört her", sagte er zu seinen Zauberfreunden, und der Zauberer Schokolade hörte besonders gut her. "Hört her", sagte also der Zauberer Bücherstaub, "ich weiß, was hier geschehen ist. - Du, mein lieber Zauberer Schokolade", fuhr er fort, "bist mit deiner Schokoladenzauberrakete durch eine Himmelsstaubwolke hindurchgeflogen."

"So, meinst du?", fragte der Zauberer Schokolade überrascht. "Ich dachte immer, Himmelsstaub sei grau..."

"Nun ja", sagte der Zauberer Bücherstaub, "es war auch eine ganz besondere Himmelsstaubwolke. Es war eine sogenannte Wunschwolke."

"Aha..." Der Zauberer Schokolade hatte noch nie etwas von den sogenannten Wunschwolken gehört. "Was ist denn eine Wunschwolke?"

"Eine Wunschwolke, nun ja..."Der Zauberer Bücherstaub räusperte sich erneut. "Eine Wunschwolke ist eine Himmelsstaubwolke aus ganz besonderem, silbrig und golden glänzendem Himmelsstaub. Es gibt, soweit ich weiß, in der ganzen unendlichen Weite der sieben Himmel nur drei solcher Wunschwolken."

"Und warum", fragte der Zauberer Schokolade, "heißen die Wunschwolken Wunschwolken?"

Der Zauberer Bücherstaub zwirbelte seinen Bücherstaubbart. Dann sagte er: "Die Wunschwolken heißen Wunschwolken, weil sie demjenigen, der mit ihnen zusammentrifft, einen ganz besonderen Wunsch erfüllen können, einen Wunsch, den er selbst sich nicht erfüllen kann und den auch sonst ihm niemand erfüllen kann."

Der Zauberer Schokolade schwieg. Über das, was der Zauberer Bücherstaub da gesagt hatte, musste er erst einmal in Ruhe nachdenken. Das musste er erst einmal in Ruhe verdauen. Und auch die Freunde des Zauberers Schokolade schwiegen. Auch sie mussten erst einmal in Ruhe nachdenken. Auch sie mussten das erst einmal in Ruhe verdauen.

Nachdem sie alle eine Weile geschwiegen, nachgedacht und verdaut hatten, hellte sich das Gesicht des Zauberers Schokolade plötzlich auf. Er lächelte ein schokoladig-strahlendes Lächeln, und dann sagte er, und seine Stimme zitterte dabei ein wenig, er sagte also:

"Ich hab's! Ich weiß, was ich mir wünsche!"

Alle sahen ihn an. Alle waren fürchterlich gespannt, was der Zauberer Schokolade nun sagen würde. Doch genau in dem Augenblick, da der Zauberer Schokolade ansetzen wollte zu sagen, was für ein toller Wunsch ihm eingefallen war, genau in diesem Augenblick geschah etwas, was ihm selbst wie auch seinen Freunden vollkommen die Sprache verschlug!

Von irgendwoher - zu sehen war niemand - ertönte ein schrecklich gemeines, ein geradezu boshaft-giftiges Lachen und eine schrecklich gemeine, eine geradezu boshaft-giftige Stimme sagte:

"Ha, ihr habt gedacht, ich wäre erledigt! Aber da habt ihr euch getäuscht! Ich sage nur: Wer zuletzt lacht, lacht am besten!"

**13. Kapitel:** Wie dem Zauberer Bücherstaub zum ersten Mal in seinem Leben etwas unerklärlich war

Das schrecklich gemeine, geradezu boshaft-giftige Lachen und die schrecklich gemeine, geradezu boshaft-giftige Stimme waren verstummt. Geblieben aber war ein widerlich-muffiger Geruch in der Luft, der keinen Zweifel darüber zuließ, wer hier soeben unsichtbar vorübergeflogen war: der Zauberer Giftpilz!

Der Zauberer Schokolade und seine Freunde waren verwirrt, voller Sorgen und wie vor den Kopf geschlagen. Den Zauberer Giftpilz hatten sie in der Aufregung der letzten Tage wirklich ganz und gar vergessen. Was war mit ihren Gegenzaubersprüchen? Wirkten die nicht mehr? Was hatte der Zauberer Giftpilz vor? Würde er jetzt neues Unheil stiften?

Der einzige, der einen klaren Kopf behielt, war wieder einmal der Zauberer Bücherstaub? Ja, er allein konnte noch klar denken. Und nachdem er eine Weile nachgedacht hatte, sagte er: Wir brauchen jemanden, für den das Unsichtbare sichtbar ist."

"Du meinst mich?", fragte der Zauberer Brille, für den in der Tat auch das Unsichtbare sichtbar war.

"Ja, ich meine dich", sagte der Zauberer Bücherstaub. "Du musst mit deinem Brillenblick erspähen, wohin der Zauberer

Giftpilz geflogen ist. Nur so können wir herausbekommen, was er vorhat."

Der Zauberer Brille setzte seine brilligste Spezialbrille auf, mit der das Unmögliche für ihn möglich wurde: das Unsichtbare zu sehen. Und so sah er nun, was sonst auch für ihn unsichtbar gewesen wäre. Er sah, wohin der Zauberer Giftpilz flog. Er sah es, obwohl der Zauberer Giftpilz eigentlich unsichtbar war.

Der Zauberer Giftpilz, er flog geradewegs in Richtung auf den Zauberberg. Der Zauberberg, das war ein Berg genau in der Mitte der Zaubererwelt. Er sah aus wie ein ganz gewöhnlicher Berg. Oben auf dem Zauberberg jedoch, auf seiner allerhöchsten Spitze, stand ein Brunnen. Seit unvordenklichen Zeiten stand er dort, und er führte hinab in die tiefsten Tiefen der Zaubererwelt. In jenen tiefsten Tiefen aber, an seinem Grund, am Grund dieses Brunnens, entsprang der Quell des Zauberwassers. Mit dem Zauberwasser wiederum hatte es etwas sehr Wichtiges auf sich: In ihm nämlich lag das Geheimnis der Zauberkraft aller Zauberer. (Wenn du dich schon gefragt hast, warum die Zauberer in der Zaubererwelt eigentlich zaubern konnten - jetzt weißt du es: Sie konnten zaubern, weil das Zauberwasser aus dem Zauberbrunnen ihnen die Kraft dazu verlieh.)

"Wir müssen verhindern, dass der Zauberer Giftpilz auf dem Zauberberg Unheil stiftet!", rief der Zauberer Bücherstaub. Er war äußerst erregt. "Auf zu unseren Zauberraketen!"

Eine wilde Jagd zum Zauberberg begann. Alle holten das letzte aus ihren Raketen heraus. Wenige Wimpernschläge später landeten sie auf der Spitze des Zauberberges, dort wo jener Brunnen stand, in dessen allertiefsten Tiefen der Quell des Zauberwassers entsprang.

Der Zauberer Schokolade und seine Freunde stiegen aus ihren Zauberraketen. Wo war der Zauberer Giftpilz? Der Zauberer Brille rückte seine brilligste Spezialbrille zurecht und spähte umher. Er spähte nach Norden; er spähte nach Süden; er spähte nach Osten; er spähte nach Westen. Er spähte in die Höhen des Himmels und er spähte in die Tiefen des Zauberberges. Und endlich, als er dies tat, als er in die Tiefen des Zauberberges spähte, da sah er ihn.

"Ich sehe ihn", sagte er langsam und bedächtig. "Er ist mit seiner giftpilzigen Zauberrakete zum Grund des Zauberbrunnens hinuntergeflogen."

Der Zauberer Brille war stolz auf seinen unübertrefflichen Scharfblick und lächelte. Die anderen Zauberer lächelten nicht. Nein, auf ihren Gesichtern hatten sich tiefe Sorgenfalten gebildet.

"Was macht er da unten?", fragte der Zauberer Schokolade mit heiserer Stimme.

"Ich weiß es nicht..." stotterte der Zauberer Brille, in dessen Gesicht sich nun auch tiefe Sorgenfalten zeigten.

"Oh, wenn er da unten Unheil stiften will, ich werde es verhindern!", sagte der Zauberer Schokolade entschlossen. "Ich werde ebenfalls hinunterfliegen zum Grund des Zauberbrunnens, und dann soll er mich kennen lernen, dieser Halunke!"

"Wieso du allein?", fragte der Zauberer Keks.

"Weil wir gar nicht alle auf einmal diesen engen Brunnenschacht hinabfliegen können", sagte der Zauberer Schokolade und stieg in seine Schokoladenzauberrakete.

Der Zauberer Schokolade sprach den gewohnten schokoladigen Zauberspruch, den, den er immer sprach, wenn er seine Zauberrakete starten wollte. Er sprach ihn, doch es geschah nichts! Er sprach ihn noch einmal, doch wieder geschah nichts! Er sprach ihn ein drittes Mal, doch noch immer rückte und rührte sich die Schokoladenzauberrakete kein Stück!

"Irgendetwas stimmt hier nicht", rief der Zauberer Schokolade, "ich kann meine Zauberrakete nicht starten!"

Der Zauberer Bücherstaub und die anderen Zauberer sahen sich entgeistert an. Der Zauberer Gurke hatte sich als erster wieder gefasst.

"Ich übernehme die Sache!", sagte er mit gurkig-fester Stimme und stieg in seine Gurkenzauberrakete.

Auch er sprach seinen gewohnten Zauberspruch, den, den er immer sprach, wenn er seine Zauberrakete starten wollte.

Auch er sprach ihn ein zweites und ein drittes Mal. Und auch er tat es vergeblich.

"Irgendetwas stimmt hier wirklich nicht", sagte er verwirrt, "ich kann meine Rakete ebenfalls nicht starten!"

In diesem Augenblick fing plötzlich die Erde unter ihren Füßen an zu zittern, und aus den Tiefen des Zauberbrunnens war ein dumpfes Rumoren zu hören! Das Zittern wurde immer stärker, das dumpfe Rumoren immer lauter. Wie gebannt starrten der Zauberer Schokolade und seine Freunde auf den Brunnen...

Keiner von ihnen rührte sich. Wie festgenagelt standen sie da, mit vor Schreck weit aufgerissenen Augen. Und noch stärker wurde das Zittern und noch lauter das dumpfe Rumoren. Irgendetwas kam aus der Tiefe des Zauberbrunnens herauf - der Zauberer Schokolade und seine Freunde spürten es ganz deutlich! Irgendetwas kam da herauf, kam bedrohlich immer näher und näher!

Das Zittern war jetzt ein regelrechtes Beben, das dumpfe Rumoren ein schreckliches Dröhnen, so laut, dass einem die Ohren zu zerspringen drohten. Da mit einem Mal geschah es: Der Brunnen schien zu explodieren; es gab einen ohrenbetäubenden Knall; es rauchte; es qualmte; und der Zauberer Schokolade und seine Freunde hielten sich Augen und Ohren zu!

Dann war plötzlich wieder Stille. Die Rauchschwaden verzogen sich, und der Zauberer Schokolade und seine

Freunde wagten, die Augen wieder zu öffnen. Was sie nun sahen, war unglaublich: Aus dem Brunnen heraus wuchs ein ungeheurer, riesenhafter Giftpilz, so ungeheuer, so riesenhaft, dass er mindestens so groß schien wie der ganze Zauberberg.

Er roch entsetzlich; er sah entsetzlich aus; am allerentsetzlichsten aber war, dass oben, ganz oben auf der Spitze des Giftpilzes der Zauberer Giftpilz selbst saß! Er saß dort, diesmal in sichtbarer Gestalt. Zwar war er für den Zauberer Schokolade und seine Freunde, die unten am Fuße des Riesengiftpilzes standen, unendlich weit weg. Trotzdem war der Zauberer Giftpilz deutlich zu erkennen, wie er sein schreckliches giftpilzig-hämisches Grinsen grinste. Und ganz deutlich war zu hören, wie er mit seiner schrecklichen, giftpilzig-hämischen Stimme rief: "Na, ihr da unten, ich habe es euch doch gesagt: Wer zuletzt lacht, lacht am besten!"

Doch es kam noch schlimmer! Der Riesengiftpilz stieg plötzlich in die Höhe wie ein Ballon! Höher und höher stieg er, bis er am Himmel stand wie eine dunkle Gewitterwolke. Das Lachen des Zauberers Giftpilz dröhnte zu unseren Freunden herunter wie Gewitterdonner. Sein Grinsen zuckte über sein giftiges Gesicht wie ein Gewitterblitz. Und dann regnete es. Nein, es regnete nicht, es goss! Es goss in Strömen! Doch was da vom Himmel kam, war kein gewöhnlicher Regen. Es regnete nicht Regentropfen; es regnete lauter kleine, stinkende, giftige Giftpilze!

"Wir müssen etwas unternehmen!", rief der Zauberer Schokolade. Die Freunde erwachten langsam aus ihrer Erstarrung. Ja, sie mussten etwas unternehmen! Und so unternahmen sie etwas. Sie sprachen jeder für sich und dabei doch alle gleichzeitig den stärksten Gegenzauberspruch, den sie kannten. Schließlich hatten sie damit gegen den Zauberer Giftpilz schon einmal Erfolg gehabt.

Der Zauberer Schokolade und seine Freunde warteten, dass etwas geschah. Und es geschah tatsächlich etwas: Von der obersten Spitze des Riesengiftpilzes, der noch immer über ihnen am Himmel stand und aus dem sich noch immer unvorstellbare Giftpilzfluten auf sie ergossen, donnerte erneut die giftpilzig-hämische Stimme des Zauberers Giftpilz zu ihnen herab:

"Ha, ihr glaubt doch nicht etwa, dass mir eure lächerlichen Gegenzaubersprüchlein noch etwas anhaben können! Nein, ich habe den Zauberwasserquell vergiftet, und nun ist es mit eurer Zauberkraft vorbei! Ich, der Zauberer Giftpilz, bin nun der einzige Zauberer, der noch zaubern kann! Denn mir, dem Zauberer Giftpilz, kann mein eigenes Gift natürlich nichts anhaben. Im Gegenteil: Meine Zauberkraft wird davon nur noch stärker!"

Auch der Giftpilzregen wurde noch stärker; der Giftpilzgestank wurde noch unerträglicher; und dem Zauberer Schokolade und seinen Freunden wurde klar, dass ihre Gegenzaubersprüche tatsächlich wirkungslos waren! Ja, es wurde ihnen klar, dass sie überhaupt nicht mehr zaubern konnten! Der Zauberer Giftpilz hatte die alleinige Macht in der Zaubererwelt an sich gerissen.

"Wir sind verloren!", rief der Zauberer Juckpulver verzweifelt.

"Ja, es scheint so, als wären wir tatsächlich verloren!", sagte der Zauberer Bücherstaub mit belegter Stimme.

"Es muss doch noch eine Möglichkeit geben!", rief der Zauberer Schokolade.

Plötzlich hellte sich sein Gesicht auf.

"Und es *gibt* auch noch eine Möglichkeit!", sagte er triumphierend.

Die Freunde sahen ihn überrascht an. In ihren Augen sah man wieder einen kleinen Funken Hoffnung.

"Mein Wunschwolkenwunsch", sagte der Zauberer Schokolade. "Ich wollte ihn ja eigentlich für etwas anderes verwenden. Aber das ist jetzt hier ein absoluter Notfall. Jetzt *muss* ich ihn hier einsetzen, und ich *werde* ihn hier einsetzen!"

Der kleine Funken Hoffnung in den Augen der Freunde wurde zu einem großen Funken. Der Wunschwolkenwunsch, das musste die Rettung sein! Der Zauberer Bücherstaub, der es ja sonst meist war, der die klugen Ideen hatte, nickte dem Zauberer Schokolade anerkennend zu.

Der Zauberer Schokolade seinerseits holte tief Luft. Dann sprach er langsam, laut und deutlich: "Ich wünsche als meinen Wunschwolkenwunsch, dass der Spuk hier endlich aufhört und wir für alle Zeit Ruhe haben vor dem Zauberer Giftpilz."

Die Freunde warteten. Sie warteten eine Minute. Sie warteten zwei Minuten. Sie warteten drei Minuten. Nichts geschah! Der Zauberer Schokolade wiederholte seinen Wunsch. Auch das half nichts. Der Wunschwolkenwunsch funktionierte nicht!

"Das ist mir unerklärlich!", sagte der Zauberer Bücherstaub. "Das ist mir wirklich unerklärlich!"

Immer wieder schüttelte er den Kopf. Er konnte es nicht fassen. Er hatte nicht den geringsten Zweifel gehabt, dass der Wunschwolkenwunsch ihnen die Rettung bringen würde.

"Es ist mir unerklärlich!", sagte er noch einmal.

Und seine Ratlosigkeit sagte alles. Denn es war in einem ganzen bücherstaubig-langen Zauberleben noch nie vorgekommen, dass *ihm* etwas unerklärlich war.

**14. Kapitel:** <u>Wie Carolin und Markus Zauberer spielten und etwas ganz und gar Unglaubliches geschah</u>


Auch Carolin und Markus war es etwas wehmütig ums Herz gewesen, als der Zauberer Schokolade sie nach dem Zauberfest in seinem Schokoladenzauberschloss wieder zurück zu ihren Eltern gebracht hatte. Als die Zauberrakete des Zauberers Schokolade hinter den Wolken entschwunden war, hatte Carolin sich verstohlen eine Träne aus den Augen wischen müssen; und Markus hatte dreimal schlucken müssen, um den Kloß in seinem Hals wegzubekommen.

Dann jedoch hatte Carolin gemeint: "Ach, komm Markus, wir werden ihn ja sicher bald wiedersehen."

Und Markus hatte versucht zu lächeln.

"Ja, sicher...", hatte er gesagt.

Und bald danach schon hatten sie plötzlich gar keine Zeit mehr gehabt für trübe Gedanken. Erst mussten sie ihren Eltern alles ganz genau erzählen: Wie es in der Zaubererwelt aussah. Dass der Zauberer Schokolade ganz viele Freunde hatte, die auch alle Zauberer waren und die nun auch ihre Freunde waren. Dass die Zauberer ein Willkommenslied für sie gesungen hatten, das der Zauberer Schokolade sich selbst ausgedacht hatte. Dass das Fest beinahe durch einen gewissen Zauberer Giftpilz gestört worden wäre. Dass man mit diesem

Halunken dann aber doch ganz leicht fertig geworden sei. Und, und, und...

Carolin und Markus waren mitten im schönsten Erzählen gewesen, als es an der Tür geklingelt hatte. Ein Reporter von der Zeitung hatte davorgestanden. Er hatte gesagt, er wolle für die Montagsausgabe einen Artikel schreiben. Über sie, Carolin und Markus Borniewski, die beiden "hochberühmten Freunde des oberhochberühmten Zauberers Schokolade", wie er sich ausdrückte. Und so hatten Carolin und Markus mit ihrer Geschichte noch einmal von vorn beginnen müssen.

Während Carolin und Markus dem Reporter die Geschichte ihrer Reise in die Zaubererwelt erzählt hatten, hatten sie ständig ans Telefon gehen müssen. Oma Lotte und Onkel Heinz hatten angerufen. Auch Tante Vreni und ihr Cousin Peter. Alle hatten wissen wollen, ob die beiden Zaubererweltreisenden auch wohlbehalten wieder zurückgekehrt waren.

Einmal war sogar der Herr Bürgermeister am Apparat gewesen, um sich über den Ausgang der mutigen Expedition in die Zaubererwelt zu erkundigen. Schließlich waren Carolin und Markus todmüde ins Bett gesunken und hatten die Nacht hindurch geschlafen wie zwei Murmeltiere.

Am anderen Morgen aber war die Aufregung munter weitergegangen. Es war ja Montagmorgen gewesen, und sie hatten wieder zur Schule gemusst. Der Direktor hatte sie persönlich mit Handschlag begrüßt und nach ihrem Ergehen gefragt. Frau Einmaleins, die von ihrer Kur zurück war, hatte mit den anderen Kindern der Klasse zu Ehren von Carolin und Markus ein Lied angestimmt: "Hoch soll'n sie leben, auf zum Himmel schweben..." Und wieder hatten Carolin und Markus erzählen, erzählen und nochmals erzählen müssen.

Auch die folgenden Tage kamen Carolin und Markus kaum zur Ruhe. Es dauerte eine ganze Zeit, bis die Aufregung in der Stadt um die beiden Zaubererweltreisenden ein wenig nachließ. Dann endlich - seit ihrer Rückkehr in die Menschenwelt waren inzwischen fast zwei Wochen vergangen - kam der Tag, da niemand mehr etwas von ihnen wollte: kein Reporter, kein Direktor, kein Zirkuszauberer, kein Forscher, kein Mitschüler, keine Oma, kein Onkel, rein gar niemand. Und da konnten Carolin und Markus endlich das tun, was sie schon längst hatten tun wollen: Sie konnten in den Wald gehen, zur alten hohlen Eiche, um ein wenig Schokoladenduft zu schnuppern und vom Zauberer Schokolade zu träumen.

Als die Kinder in den Wald kamen, stand die alte hohle Eiche da wie immer, alt und dick und hohl. Auch der Schokoladenduft, der von ihr ausging, war schokoladig, wie die beiden es gewohnt waren. Und als sie sich in den hohlen Stamm hineinsetzten, kamen ihnen augenblicklich wunderbar-schokoladige Träume. Von den schrecklichen Dingen, die in der Zaubererwelt geschehen waren, ahnten sie jedenfalls nichts.

Carolin und Markus träumten eine ganze Zeit, bis Markus schließlich meinte: "Du, Carolin, ich habe eine Idee. Könnten wir nicht Zauberer spielen?"

"Das könnten wir", meinte Carolin.

"Ich habe mein Schnitzmesser dabei", sagte Markus. "Wir könnten uns aus einem Zweig der alten Eiche Zauberstäbe schnitzen. Die wären dann zwar nicht richtig aus Schokolade; aber sie würden wenigstens nach Schokolade duften."

"O ja", rief Carolin, "und dann schnitzen wir in unsere Zauberstäbe solche Zauberzeichen hinein, wie sie auf dem Zauberstab des Zauberers Schokolade waren!"

Gesagt, getan. Die Kinder machten sich sogleich ans Werk. Die Stäbe waren bald fertiggeschnitzt. Gemeinsam überlegten sie, was für Zauberzeichen auf dem Zauberstab des Zauberers Schokolade gewesen waren. Sorgfältig versahen sie ihre Stäbe mit diesen Zeichen.

"Ich zaubere mir jetzt ein Stück Schokolade her!", rief Markus übermütig. "Weißt du noch, wie der Zauberspruch dafür lautete, Carolin?"

Carolin wusste es und sagte es ihrem Bruder. Der räusperte sich, schwang seinen Zauberstab, wie er es beim Zauberer Schokolade gesehen hatte, und wiederholte die Worte.

"Ein lustiges Spiel ist das", sagte Markus noch, "macht richtig Spaß!"

Dann stutzte er. Er stutzte, weil er mit einem Mal etwas in der linken Hand hielt. Der Zauberstab war es nicht. Den hatte er in der rechten. Nein, er hielt etwas in der linken Hand, was dort eben noch nicht gewesen war und von dem er nicht wusste, wie es dorthin gekommen war!

Er sah genauer hin. Er sah einmal hin. Er sah zweimal hin. Er sah ein drittes Mal hin. Seine Augen wurden immer größer und sein Mund stand sperrangelweit auf.

"Was ist denn los?", fragte Carolin.

Markus schluckte. Dann flüsterte er mit vor Aufregung zitternder Stimme: "Es hat richtig funktioniert! Ehrlich. Stell dir vor, es hat richtig, richtig funktioniert! Ich kann zaubern!"

Nun sah auch Carolin hin. Auch sie sah einmal hin, sah zweimal hin, sah ein drittes Mal hin. Auch sie bekam riesengroße Augen, und der Mund stand ihr sperrangelweit auf. Das, was Markus in seiner linken Hand hielt, war ein Stück Schokolade!

"Wie ist das nur bloß möglich?" stammelte Markus.

"Ich weiß es nicht", sagte Carolin.

Dann schwiegen beide und starrten das Stück Schokolade in Markus' Hand an.

Schließlich meinte Markus: "Ob wir uns zum Beispiel auch die Schokoladenzauberrakete herzaubern könnten, was glaubst du?"

"Ich probiere es aus!", sagte Carolin.

Gemeinsam überlegten sie, wie der Spruch dafür lautete. Dann sprach Carolin die Worte und schwang dazu ihren

Zauberstab. Und ehe Carolin und Markus einmal mit den Augen zwinkern konnten, stand sie vor ihnen, die Schokoladenzauberrakete des Zauberers Schokolade!

"Etwas eingestaubt, würde ich sagen", meinte Markus. (Die Schokoladenzauberrakete des Zauberers Schokolade war noch immer über und über bedeckt mit dem Wunschwolkenstaub.)

"Aber kein Zweifel", sagte Carolin, "es *ist* die Schokoladenzauberrakete."

Und dann beschlossen die beiden, dem Zauberer Schokolade einen Überraschungsbesuch abzustatten. Sie stiegen in die Schokoladenzauberrakete. Mithilfe ihrer Zauberstäbe gelang es ihnen tatsächlich, ihr Gefährt zu starten. Und mit schokoladig-schneller Geschwindigkeit ging es durch die sieben Himmel hin zur Zaubererwelt.

"Der Zauberer Schokolade wird Augen machen!", sagte Carolin.

"Ja, der Zauberer Schokolade wird Augen machen!", sagte Markus.

## 15. Kapitel: Wie Carolin und Markus eine überaus mutige Entscheidung trafen

Der Zauberer Schokolade und seine Freunde hielten Krisenrat im Schokoladenzauberschloss. Sie überlegten gemeinsam, ob es nicht doch noch eine Rettung aus ihrer verzweifelten Lage gab. Inzwischen nämlich waren sie alle stark abgemagert und hatten kaum noch Kraft. Ihre Essensvorräte hatten sie längst aufgegessen. Neue konnten sie sich nicht herbeizaubern, denn die Fähigkeit zu zaubern hatten sie ja verloren. Und so hungerten sie seit Tagen.

Alle dachten sie angestrengt nach. Sie dachten, mager und kraftlos, wie sie waren, so angestrengt nach, dass sie gleich noch magerer und kraftloser wurden.

"Es *gäbe* eine Möglichkeit", sagte der Zauberer Bücherstaub nach endlos langer Zeit mit einer Stimme, die nur noch ein Flüstern war. "Wenn zwei Menschenkinder hier wären..."

"Carolin und Markus!" stieß der Zauberer Schokolade aufgeregt hervor.

"Zum Beispiel", sagte der Zauberer Bücherstaub mit kaum noch hörbarer Stimme. "Die Frage ist nur: Wie sollen die beiden es schaffen hierherzukommen? Bedenke, sie sind in der Menschenwelt, und niemand von uns kann sie dort abholen!"

96

Ja, wie sollten zwei Menschenkinder, wie sollten Carolin und Markus etwa, in die Zaubererwelt kommen, jetzt, da niemand mit einer Zauberrakete in die Menschenwelt fliegen und sie abholen konnte?

Keiner wusste es. Und so grübelten sie weiter, grübelten und grübelten, und von der Anstrengung wurden sie wieder noch magerer und kraftloser. Schließlich ließ einer nach dem anderen den Kopf sinken und schlief vor Erschöpfung ein. Am Ende hielt nur noch der Zauberer Schokolade mühsam die Augen offen.

Da ertönte von draußen das Geräusch einer landenden Zauberrakete. "Der Zauberer Giftpilz!" dachte der Zauberer Schokolade erschrocken und stürzte zum Fenster.

Was er da sah, erstaunte ihn über alle Maße. Nicht die Giftpilzrakete des Zauberers Giftpilz war es, die dort in seinem Schokoladenzaubergarten gerade etwas unsanft aufsetzte. Der Zauberer Schokolade rieb sich die Augen. Er rieb sie sich ein zweites Mal. Er rieb sie sich auch noch ein drittes Mal. Doch was er sah, blieb dasselbe: Seine *eigene* Rakete, *seine* Schokoladenzauberrakete landete dort. Ja, es bestand überhaupt kein Zweifel, dass es seine Rakete war, denn noch immer schimmerte das schokoladig-schnelle Gefährt silbern von dem Staub der Wunschwolke, durch die er mit ihm seinerzeit hindurchgeflogen war.

Der Zauberer Schokolade stürzte auf die Tür zu, mit wehenden Haaren und flatterndem Bart - sein Zauberhut fiel ihm vom Kopf! Er stürzte zur Tür hinaus, mit zitternden Händen und schlotternden Knien - sein Schokoladenherz klopfte ihm bis zum Schokoladenhals! Und dann stürzte er hin vor seiner Schokoladenzauberrakete mit flackernden Augen und fiebrigem Blick - er war mit seiner Kraft am Ende!

In diesem Augenblick genau stiegen Carolin und Markus aus der Schokoladenzauberrakete, glücklich und mit stolzgeschwellter Brust. Der Zauberer Schokolade, ja, er würde Augen machen!

Und dann sahen sie ihn, den Zauberer Schokolade, wie er dalag auf dem Boden vor der Schokoladenzauberrakete, ein kraftloses, ausgemergeltes Häuflein Elend, röchelnd vor Anstrengung und kreideweiß im Gesicht, so kreideweiß, wie ein Schokoladengesicht eben nur sein konnte!

"Was ist denn mit dir geschehen, Zauberer Schokolade?", fragten die Kinder entsetzt.

Der Zauberer Schokolade versuchte zu antworten, doch er konnte nicht; es fehlte ihm die Kraft. Da nahmen Carolin und Markus den Zauberer Schokolade, der, abgemagert, wie er war, kaum noch etwas wog, und halb ging er, halb trugen sie ihn ins Schokoladenzauberschloss. Als die Kinder dort die genauso abgemagerten und immer noch schlafenden Zauberfreunde des Zauberers Schokolade fanden, bekamen sie es langsam mit der Angst zu tun. Was ging hier vor?

Inzwischen hatte sich der Zauberer Schokolade wieder ein bisschen erholt. Und auch seine Freunde hatten wenigstens wieder so viel Kraft, dass sie ihre Augen aufschlugen und sahen, wer da gekommen war.

Ja, und dann begann das große Erzählen. Carolin und Markus erzählten, wie es ihnen gelungen war, hierher zu kommen. Und der Zauberer Schokolade und seine Freunde erzählten, warum sie hier im Elend lagen. Carolin und Markus erzählten schnell und mit sich überschlagender Stimme, weil sie so aufgeregt waren. Der Zauberer Schokolade und seine Freunde erzählten langsam und stockend, weil sie so kraftlos waren. Schließlich aber wussten alle über alles Bescheid.

"Und es gibt keine Rettungsmöglichkeit?", fragte Carolin, als die Zauberer mit ihrem traurigen Bericht zu Ende waren.

"Doch", sagte der Zauberer Bücherstaub, "jetzt, wo ihr beiden hier seid, gibt es vielleicht noch eine allerletzte Chance! Aber ihr braucht sehr, sehr, sehr viel Mut, wenn ihr uns helfen wollt!"

Carolin sah Markus an. Markus sah Carolin an. Dann sagten sie entschieden - und ihre Stimmen zitterten dabei nur ein ganz kleines bisschen -:

"Wir helfen euch! Wir haben Mut!"

"Bravo!", riefen die Zauberer im Chor, und es schien, als ginge es ihnen plötzlich schon sehr viel besser.

Der Zauberer Bücherstaub aber sagte ernst: "Gut, dann will ich euch erklären, was ihr tun müsst." Er holte tief Luft, räusperte sich und fuhr fort: "Ihr müsst in den Brunnen auf dem Zauberberg steigen. Er führt, wie ihr ja gehört habt, in unendliche Tiefen hinab. Und ihr müsst hinabsteigen bis auf seinen Grund. Dort unten dann müsst ihr den Quell des Zauberwassers entgiften."

Carolin und Markus hörten aufmerksam zu, und der Zauberer Bücherstaub erklärte weiter: "Dort in den Brunnen hinunter führt eine Leiter, über die ihr einiges wissen müsst: Diese Leiter hat genau so viele Sprossen, wie es Zauberer in der Zaubererwelt gibt. Jede Sprosse ist aus einem anderen Material. Meine Sprosse beispielsweise ist aus Bücherstaub. Die Sprosse des Zauberers Schokolade dagegen ist aus Schokolade, und so fort."

Carolin und Markus nickten, und der Zauberer Bücherstaub erklärte weiter: "Wenn ihr nun aber hinabsteigt in den Brunnen, dann werden die Sprossen für euch unsichtbar sein. Ihr werdet darum bei eurem Weg in die Tiefe die ganze Zeit blind darauf vertrauen müssen, dass unter euch tatsächlich immer eine Stufe kommt und ihr euren Fuß nicht ins Leere setzt. Erst wenn ihr eine Sprosse hinter euch habt, dann also, wenn sie über euch ist, werdet ihr sie sehen können."

Carolin und Markus schluckten. Sie sahen sich an. Dann baten sie den Zauberer Bücherstaub:

"Bitte, fahre fort! Was müssen wir noch wissen?"

Und der Zauberer Bücherstaub fuhr fort: "Wenn ihr hinabgestiegen seid auf den Grund des Brunnens, werdet ihr noch mehr Mut benötigen. Dann nämlich werdet ihr den Quell des

Zauberwassers entgiften müssen, und das Problem ist: *Wie* ihr das genau machen müsst, weiß ich nicht. Das steht in keinem der bücherstaubig vielen Bücher, die ich in meinem, bücherstaubig-langen Zauberleben gelesen habe. Ich weiß nur so viel, dass ihr, wenn ihr es nicht schaffen solltet, den Zauberwasserquell zu entgiften, nie wieder aus dem Brunnen herauskommen werdet!"

Diesmal mussten Carolin und Markus zweimal schlucken. Noch länger als zuvor sahen sie sich an. Dann baten sie den Zauberer Bücherstaub wiederum:

"Fahre fort! Was müssen wir noch wissen?"

Und der Zauberer Bücherstaub fuhr fort: "Wenn ihr den Zauberwasserquell entgiftet habt und wieder emporsteigen wollt auf der Leiter im Brunnen, dann müsst ihr euch an Folgendes halten: Jede Sprosse, die ihr besteigen wollt, müsst ihr zuvor mit einem Messer durchschneiden, und zwar jeweils zweimal, du, Carolin, nämlich an der linken und du, Markus, nämlich an der rechten Seite. Alle Sprossen müsst ihr auf diese Weise durchschneiden. Wenn ihr auch nur eine einzige Sprosse vergesst, werdet ihr unweigerlich in die Tiefe stürzen! Das heißt, halt! Eine Sprosse gibt es, die ihr *nicht* zu durchschneiden braucht, die ihr sogar auf gar keinen Fall durchschneiden *dürft*, wenn nicht alles umsonst gewesen sein soll! Welche Sprosse das ist, kann ich euch leider wiederum nicht sagen. Auch das ist etwas, was ich noch nirgendwo habe nachlesen können. So, und das ist nun alles, was ich euch mitteilen kann. Jetzt müsst ihr euch entscheiden, ob ihr wirklich genug Mut habt!"

Carolin und Markus mussten diesmal sogar dreimal schlucken. Sehr, sehr, sehr lange sahen sie sich an. Dann nickten sie und sagten entschlossen: "Ja, wir haben genug Mut!"

## 16. Kapitel: Wie Carolin und Markus den Abstieg ins Ungewisse wagten

Carolin und Markus machten sich unverzüglich auf den Weg. Sie stiegen in die Schokoladenzauberrakete, und auf ging's zum Zauberberg. Wenige Wimpernschläge später landeten sie - wieder etwas unsanft, denn sie waren ja keine erfahrenen Schokoladenraketenpiloten - auf seiner Spitze.

Sie fanden den Brunnen, kletterten auf seinen Rand und blickten in die Tiefe. Der Grund des Brunnens, wie weit mochte es bis zu ihm sein? Sie schauderten ein wenig, denn was sie sahen, war nur rabenschwarze Dunkelheit!

Dann gaben sich die beiden einen Ruck.

"Auf geht's!", sagte Markus und versuchte, munter dreinzublicken.

"Auf geht's!", sagte auch Carolin und versuchte, sich nicht anmerken zu lassen, wie zittrig sie war.

Ja, auf sollte es gehen. Doch an welcher Seite des Brunnens war nun eigentlich die Leiter? Zu sehen war das natürlich nicht. Das hatte der Zauberer Bücherstaub ja auch so angekündigt. Doch erst jetzt wurde ihnen so richtig klar, was das für ihren Abstieg ins Ungewisse bedeutete.

Carolin und Markus überlegten hin und her, an welcher Seite des Brunnens wohl die Leiter sein konnte. Sie tasteten vorsichtig mit den Füßen. Doch weder ihr Hin- und Her-Überlegen noch ihr Tasten mit den Füßen brachte sie weiter. Schließlich beschlossen sie, es einfach irgendwo zu versuchen.

"Vielleicht", meinte Markus, "ist es mit dieser geheimnisvollen Leiter ja so, dass sie immer genau dort ist, wo man gerade seinen Fuß hinsetzt..."

"Das könnte sein...", pflichtete Carolin ihm bei. "Nein, das *muss* sogar so sein!"

Und dann taten sie den ersten Schritt! Sie setzten ihren Fuß weg von dem sicheren Brunnenrand und hinab in die schwarze Ungewissheit!

Unter ihnen war tatsächlich eine Sprosse! Noch immer konnten sie sie nicht sehen. Aber fühlen konnten sie sie jetzt ganz deutlich. Breit genug war die Sprosse, dass sie nebeneinander auf ihr stehen konnten. Und so standen sie da mit pochendem Herzen.

Vorsichtig, ganz vorsichtig wagten sie den nächsten Schritt. Einen kurzen Moment dachten sie, dieser Schritt ginge nun doch ins Leere! Aber dann spürten sie unter sich etwas Schmales, Festes, auf dem sie wiederum stehen konnten, standen da, erneut mit pochendem Herzen, ohne dass sie sahen, worauf. Noch zwei weitere Stufen nahmen sie, und wieder waren es zwei Schritte in vollkommen schwarze Ungewissheit. Etwas anderes jedoch sahen sie jetzt. Sie sahen, was sie bereits hinter sich gelassen hatten. Sie sahen den Brunnenrand und darunter den Anfang der Leiter mit der ersten Sprosse. Ganz und gar aus sauren Gurken bestand diese erste Sprosse. Sie gehörte demnach zu dem Zauberer Saure Gurke.

Sollte der Zauberer Bücherstaub tatsächlich Recht haben? Mit etwas weniger pochendem Herzen kletterten Carolin und Markus weiter, stiegen Sprosse um Sprosse die Leiter hinab, Sprosse um Sprosse aufs Neue ein Schritt in ungewisse Dunkelheit. Doch es war merkwürdig. Es war, als ob sie der ungewissen Dunkelheit unter ihnen Schritt um Schritt das Geheimnis dessen, was sie verbarg, entrissen. Denn was sie hinter sich gelassen hatten, das lag nicht länger im Dunkel, das war umgeben von hellem, klarem Licht!

Tiefer und tiefer stiegen sie hinab, und längst hätte es schon deshalb um sie herum stockfinster sein müssen, weil in solche Tiefen kein Sonnenstrahl mehr hinabdringen konnte. Aber stockfinster war und blieb es nur unter ihnen. Über ihnen jedoch war und blieb alles in jenes helle, klare Licht getaucht. Und obwohl der Brunnenrand und die ersten Stufen längst in weiter, weiter Ferne über ihnen lagen, in so weiter Ferne, dass sie eigentlich schon längst nichts mehr von ihnen hätten sehen dürfen, konnten sie sie erkennen. Es war, als ob sie durch das helle klare Licht auch einen schärferen Blick bekommen hatten.

Ganz ähnlich wie mit der Finsternis war es im Übrigen mit dem widerlichen Giftpilzgestank. Auch der Giftpilzgestank war gewissermaßen nur unter ihnen. Wann immer sie den Fuß hinabsetzten auf die nächste Sprosse unter ihnen, umwehte er sie. Wann immer sie danach jedoch emporblickten, war der Giftpilzgestank augenblicklich restlos verflogen und sie rochen, was sie sahen. Sie rochen den Geruch von Erdbeeren, als sie direkt über sich die Erdbeersprosse des Zauberers Erdbeere sahen. Sie rochen den Geruch von Kartoffeln, als sie direkt über sich die Kartoffelsprosse des Zauberers Kartoffel sahen. Sie rochen den Geruch von Gänseblümchen, als sie direkt über sich die Gänseblümchensprosse des Zauberers Gänseblümchen sahen. Und sie rochen das alles in einer Reinheit, wie sie es noch nie zuvor gerochen hatten.

Am Anfang zählten Carolin und Markus die Sprossen mit, die sie hinter sich ließen. Doch nach einiger Zeit waren es bereits so viele Sprossen, dass sie mit dem Zählen gar nicht mehr hinterherkamen. In der Zeit, in der sie das Wort "Fünftausendsiebenhundertzweiundachtzig" gesagt hätten, wären sie schon längst bei Sprosse Fünftausendsiebenhundertdreiundachtzig gewesen. So ließen sie das Zählen bleiben und stiegen wortlos tiefer und tiefer. Nur wenn sie, was einige Male vorkam, eine Sprosse hinter sich gelassen hatten, bei der sie den Zauberer kannten, zu dem sie gehörte, dann sagten sie: "Sieh' mal, das ist die Sprosse des Zauberers Keks!" Oder: "Sieh' mal, das ist die Sprosse des Zauberers Juckpulver!"

Carolin und Markus waren eine Stunde unterwegs, als ihre Beine müde zu werden begannen. Carolin und Markus waren zwei Stunden unterwegs, als sie die ersten Blasen unter den Füßen hatten. Carolin und Markus waren drei Stunden unterwegs, als ihre Mägen ganz entsetzlich zu knurren anfingen und ihnen vor Hunger ganz weich in den Knien wurde. Wenn sie noch gezählt hätten, dann hätten sie inzwischen die Stufe Nummer Neunzehntausenddreihundertsiebenundfünfzig zählen können. Aber sie mussten weiter und immer weiter. Eine vierte Stunde. Eine fünfte Stunde. Eine sechste Stunde.

Dann brach die siebte Stunde an. Und genau in diesem Augenblick geschah etwas sehr Merkwürdiges. Sie hatten gerade die Bananensprosse des Zauberers Banane hinter sich gelassen, hatten noch einmal zu ihr nach oben geblickt und ihren bananigen Geruch gerochen. Nun wandten sie sich nach unten, taten den nächsten Schritt hinab und erwarteten, dass ihnen - wie bisher bei jedem Schritt nach unten, so auch jetzt wieder - der widerliche Gestank von Giftpilzen entgegenschlagen würde. Doch sie bemerkten es sofort:

"Ich rieche nichts!", rief Carolin.

"Ich auch nicht!", rief Markus.

Nein, sie rochen nichts. Sie rochen nicht das winzigste bisschen Giftpilzgestank. Sie rochen einfach gar nichts!

Dann standen sie auf der nächsten Sprosse. Verwirrt blickten sie nach oben. Was sie sahen, jagte ihnen einen so gewaltigen Schreck ein, dass sie um ein Haar abgerutscht und in die Tiefe gestürzt wären: Die Sprosse über ihnen bestand - daran war kein Zweifel - ganz und gar aus Giftpilzen!

Ja, sie wären beinahe abgerutscht und in die Tiefe gestürzt, denn hastig, zu hastig wohl, wollten sie weg, nur weg von der Giftpilzsprosse! Erst nachdem sie viele, viele Meter tiefer waren, beruhigten sie sich wieder.

"Aber es ist doch zu und zu merkwürdig", sagte Markus, "die ganze Zeit, bei jedem Schritt nach unten, stinkt uns der Giftpilzgestank entgegen. Und in dem Augenblick, wo wir die Giftpilzsprosse selbst erreichen, riechen wir nichts!"

"Ja, irgendwie verkehrte Welt…" pflichtete Carolin ihm bei.

Sie gingen weiter, jetzt doch wieder mit leicht pochendem Herzen. Sie gingen weiter, und das erste Viertel der siebten Stunde verstrich. Sie gingen weiter, und das zweite Viertel der siebten Stunde verstrich. Sie gingen weiter, und das dritte Viertel der siebten Stunde verstrich…

Plötzlich drang von unten aus der Tiefe ein Geräusch zu ihnen empor, ein Geräusch wie das Rauschen von Wasser! Sie stiegen weiter Sprosse um Sprosse hinab, fünf Minuten, zehn Minuten… Das Rauschen wurde immer lauter, schwoll an zu einem orkanartigen Brausen… Sie stiegen weiter Sprosse um Sprosse hinab, elf Minuten, zwölf Minuten…

Carolin und Markus starrten in die Tiefe. Was unter ihnen war, das konnten sie nach wie vor nicht sehen. Doch jetzt spürten sie es, dass es nur noch wenige Sprossen sein konnten, bis sie ihr Ziel erreicht hatten!

Und dann kam mit einem Mal der Schritt ins Leere! Carolin und Markus wollten den Fuß auf die nächste Sprosse unter ihnen setzen, doch da war keine Sprosse! Da war überhaupt nichts! Da war nur gähnender, schwarzer, brodelnder Abgrund! Und es war, als würden sie hinabgesogen in diesen Abgrund! Mit allerletzter Kraft hielten sie sich fest! Die Angst würgte ihnen die Kehle zu, die Brust schien ihnen zu zerplatzen!

Zurück, zurück nach oben, das war ihr erster Gedanke! Doch dann wurden sie urplötzlich ganz ruhig. Nein, zurück durften sie nicht. Dann war alles umsonst gewesen. Und beide gleichzeitig - sie wussten später selbst nicht, wie es kam - durchströmte sie das Gefühl unbändigen Mutes. Beide gleichzeitig brüllten sie gegen das Tosen der Wasser und die Schwärze des Abgrunds unter ihnen an:

"Komm, wir springen!"

Und beide gleichzeitig sprangen sie dann auch! Genau in dem Augenblick sprangen sie, da das vierte Viertel der siebten Stunde verstrichen war.

Ja, Carolin und Markus sprangen, und für den Bruchteil einer Sekunde war es, als stürzten sie in eine bodenlose, lärmende Finsternis! Dann jedoch wurde es unter ihnen plötzlich so hell und licht wie über ihnen! Das ohrenbetäubende Brausen drang nur noch wie aus weiter Ferne an ihr Ohr. Und es schien ihnen, als könnten sie schweben... Ja, in der Tat, sie schwebten sanft und leicht wie eine Feder dahin!

"Was ist jetzt geschehen?" flüsterte Carolin in die überraschende Stille.

"Ich weiß es nicht", flüsterte Markus zurück.

Sie schwebten noch immer. Schwerelos wie ein Windhauch. Und während sie schwebten, sahen sie sie mit einem Mal unter sich wie in einem Film ohne Ton: die brodelnden und brausenden, wild schäumenden und sich gegen das Giftpilzgift aufbäumenden Fluten des Zauberwasserquells! Sie sahen sie unter sich, die wie von unbändiger Urgewalt aufgewühlten Wogen, und sie sahen, wie sich aus den Wogen eine phänomenal-phantastische Fontäne erhob, die so unbeschreiblich giftpilzig-giftig aussah, dass du es dir unmöglich vorstellen kannst!

Und noch etwas sahen Carolin und Markus. Sie sahen, dass sich um sie herum an der Brunnenwand eine Schrift befand. In rätselhaft verschnörkelten Buchstaben standen dort sieben rätselhaft lautende Worte:

TKCUPS NI NED ZLIP, REDEJ UANEG LAMIERD !

"Ob das eine Botschaft für uns sein soll?", fragte Carolin und zeigte auf die seltsame Schrift.

"Ich glaube, ja", sagte Markus, "ich verstehe nur nicht, was diese Botschaft bedeuten soll..."

"Vielleicht ist es eine fremde Sprache", überlegte Carolin.

"Oder es handelt sich um eine Geheimschrift", meinte Markus.

"Eine Geheimschrift? - Hm..." Carolin dachte nach. Wenn es eine Geheimschrift war, vielleicht konnten sie sie enträtseln..." Plötzlich schnippte Carolin mit den Fingern. "Ich hab's!", rief sie. "Wir müssen die Worte einfach umdrehen! - Pass auf: TKCUPS, das heißt, wenn man es umdreht, SPUCKT."

"Menschenskinder, das ist ja ganz einfach!", rief Markus. "Dann heißt NI NED ZLIP nichts anderes als: IN DEN PILZ!"

"Und REDEJ UANEG LAMIERD", fuhr Carolin fort, "bedeutet: JEDER GENAU DREIMAL."

"Wir haben es!", rief Markus. "Die Botschaft lautet: ,SPUCKT IN DEN PILZ, JEDER GENAU DREIMAL!'"

"Die Frage ist nur", meinte Carolin, "welcher Pilz in dem Spruch gemeint ist. Ich jedenfalls habe hier überhaupt noch keinen Pilz gesehen."

Carolin und Markus blickten sich um. Sie blickten nach links, nach rechts, nach vorn und nach hinten. Nirgends war auch nur der allerwinzigste Pilz zu sehen. Dann blickten sie nach unten. Ganz nah und irgendwie doch weit weg tobten und tosten unter ihnen noch immer die Fluten des Zauberwasserquells. Von einem Pilz auch hier keine Spur.

Oder doch?! - Markus kniff plötzlich die Augen zusammen und legte den Kopf schief.

"Carolin, ich glaube, ich weiß, wo der Pilz ist!", rief er mit heiserer Stimme. "Sieh dir einmal diese Fontäne *genau* an!"

Auch Carolin kniff nun die Augen zusammen und legte den Kopf schief. Und dann bemerkte sie es ebenfalls, dass die Fontäne nicht nur giftig aussah wie ein Giftpilz, sondern dass auch ihre Form die eines Giftpilzes war.

"Du meinst, wir sollen in die Fontäne spucken?", fragte Carolin.

Markus nickte. Sie sahen sich beide an.

"Okay", sagte Markus.

"Okay", sagte Carolin.

Und dann taten sie es: Jeder von ihnen spuckte dreimal hinunter auf die Giftpilzfontäne, und ... Ja, und mit einem Mal - sie wussten selbst nicht, wie ihnen geschah - standen sie auf einem Felsvorsprung knapp unterhalb der untersten Sprosse der Leiter, auf der sie in den Brunnen hinabgestiegen waren! Dieser Felsvorsprung war zuvor nicht dagewesen. Da waren sie sich ganz sicher. Doch ebenso sicher gab es ihn jetzt, und sie standen auf ihm.

Damit nicht genug! Als sie noch einmal nach unten blickten, sahen sie noch mehr Erstaunliches: Der Zauberwasserquell, er war jetzt ganz und gar verändert! Ja, da war noch immer eine mächtige Fontäne. Aber diese Fontäne sah kein bisschen giftpilzig-giftig mehr aus; sie brodelte auch nicht mehr; das kräftig sprudelnde Wasser sah ganz friedlich aus. Es schillerte in allen möglichen Farben und Formen gleichzeitig, nur nicht mehr in der Farbe und der Form eines Giftpilzes!

Carolin und Markus konnten sich kaum losreißen von dem Anblick. Eine ganze Weile standen sie schweigend und staunend auf dem Felsvorsprung. Schließlich meinte Carolin: "Ich glaube, wir haben es geschafft! Ich glaube, wir haben den Zauberwasserquell entgiftet!"

## 17. Kapitel: Wie Carolin und Markus sich selbst den Rückweg abschnitten

"Ja, wir haben den Zauberwasserquell entgiftet. *Das* zumindest haben wir geschafft", sagte Markus. "Aber wir müssen auch noch wieder nach oben. Und du weißt", fuhr er fort, "wir sollen dabei jede Sprosse, auf die wir steigen, zuvor doppelt durchschneiden, du links, ich rechts."

"Ach ja", sagte Carolin. Und dann fragte sie: "Hast du das Messer?"

Markus nahm sein Schnitzmesser aus der Tasche.

"Okay", sagte Carolin.

"Okay", sagte Markus.

Und dann reckte er sich nach oben, um die unterste Sprosse, die im Übrigen ganz und gar aus Butterkeks war (sie gehörte offensichtlich zu dem Zauberer Keks), an ihrer rechten Seite zu durchschneiden.

Markus hatte seinen Schnitt getan. Die Butterkekssprosse war an ihrer rechten Seite durchschnitten. Nun gab er das Messer an seine Schwester weiter.

Carolin sah auf das Messer; sie sah auf die Butterkekssprosse; sie hob die Hand. Plötzlich zögerte sie. "Wenn ich die Butterkekssprosse auch noch an ihrer linken Seite durchschneide", sagte sie mit belegter Stimme, "dann wird sie in die Tiefe stürzen. Und wenn sie in die Tiefe stürzt, dann werden wir sie nicht mehr besteigen können. Und wenn wir die Butterkekssprosse nicht besteigen können, dann werden wir auch die nächste Sprosse nicht erreichen können. Wir werden überhaupt keine Sprosse mehr erreichen können. Wir werden auf immer und ewig hier unten gefangen sein!"

Markus schluckte. Dann sagte er heiser: "Du weißt, was der Zauberer Bücherstaub gesagt hat. Er hat gesagt, wir *müssen* es tun. Und ich glaube nicht, dass er sich geirrt hat. Nein, ich glaube, wir können ruhig die Sprossen über uns durchschneiden. Sie werden trotzdem nicht in die Tiefe stürzen. Ich weiß zwar selbst nicht, wie das gehen soll; aber irgendwie werden sie nicht in die Tiefe stürzen, sondern bleiben, wo sie sind."

Carolin nickte. Sprechen konnte sie nicht. Ein dicker Kloß saß in ihrem Hals. Doch sie nickte, und langsam, ganz langsam hob sie ein zweites Mal die Hand mit dem Messer. Langsam, ganz langsam setzte sie das Messer an die Sprosse. Und langsam, ganz langsam zählte sie bis drei.

Nun tat sie ihren Schnitt! Sie schnitt die Butterkekssprosse auch an ihrer linken Seite durch! Ja, sie schnitt sie tatsächlich durch und...

Ja, und dann stürzte die Butterkekssprosse doch in die Tiefe, mitten hinein in die Zauberwasserquellfontäne! Das Ende der Leiter über ihnen war damit unerreichbar!

Aber bevor Carolin und Markus das alles so recht erfasst hatten, geschah erneut Merkwürdiges. Es war, als ob die Butterkekssprosse die Zauberwasserquellfontäne noch einmal verwandelt hatte. Die Zauberwasserquellfontäne nämlich hatte plötzlich nur noch eine einzige Farbe und eine einzige Form: die Farbe und die Form eines fontänig-riesigen Butterkekses. Dann aber kam aus der butterkeksfarbigen und butterkeks-förmigen Zauberwasserquellfontäne unversehens die Butterkekssprosse wieder hervor. Leicht und sanft wie vor kurzem noch Carolin und Markus schwebte nun sie durch den Brunnen, stieg höher bis zum unteren Ende der Leiter und fügte sich selbst dort wieder ein, wo Carolin und Markus sie herausgeschnitten hatten. Die Zauberwasserquellfontäne aber verwandelte sich darauf ein drittes Mal. Sie verwandelte sich und schillerte abermals in allen möglichen Farben und Formen.

All dies ging so schnell, dass Carolin und Markus kaum wussten, wie ihnen geschah. Nur langsam, ganz langsam wurde ihnen klar, was passiert war. Eine ganze Zeit standen sie bloß da auf ihrem Felsvorsprung und staunten mit offenem Mund und weit aufgerissenen Augen.

Markus fand als erster die Sprache wieder.

"Es ist *doch* gutgegangen!", sagte er, und seine Stimme klang erleichtert.

"Ja, es ist gutgegangen!", sagte Carolin, und ihre Stimme klang sehr erleichtert.

Eine ganze Weile standen sie so in ihrer Erleichterung auf dem Felsvorsprung, bis Markus meinte: "Worauf warten wir eigentlich? Komm, wir müssen weiter!" Und dann ging es weiter, zügig und schnell und ohne nochmalige Zwischenfälle.

Sprosse um Sprosse durchschnitten Carolin und Markus. Sprosse um Sprosse stürzte in die Tiefe und verwandelte die Zauberwasserquellfontäne ein erstes Mal, schwebte dann wieder empor, fügte sich erneut dort ein, wo sie herausgeschnitten worden war und verwandelte die Zauberwasserquellfontäne ein zweites Mal. Sprosse um Sprosse schließlich wurde, nachdem all dies geschehen war, von Carolin und Markus erklommen, und so ging es weiter und weiter.

Ja, so ging es weiter, wie gesagt, zügig schnell und ohne nochmalige Zwischenfälle. Bis schließlich doch ein Zwischenfall sich ereignete. Dieser Zwischenfall bestand darin, dass Carolin etwas einfiel.

"Markus", rief sie unversehens, "Markus, wir haben etwas vergessen!" Auf ihrer Stirn standen zwei steile Sorgenfalten.

"Was denn?", fragte Markus beunruhigt. Er hatte die Sorgenfalten gesehen.

"Wir haben die Ausnahme vergessen!", sagte die sorgenfaltige Carolin.

Markus blickte verständnislos.

"Wir durchschneiden hier immerzu eine Sprosse nach der anderen", erklärte Carolin, "so als ob wir *alle* Sprossen durchschneiden sollen. Dabei hat der Zauberer Bücherstaub es doch eigentlich anders gesagt. Alle bis auf eine, hat er gesagt. Nur welche genau diese eine sein würde, das wusste er nicht."

Markus schluckte. Jetzt erinnerte er sich. "Hoffentlich war die eine Sprosse, welche, nicht eine, die wir bereits hinter uns gelassen haben...", sagte er.

"Ja, hoffentlich!" Auf Carolins Stirn zeigte sich inzwischen eine dritte Sorgenfalte.

Sie beschlossen, trotzdem einfach weiterzugehen. Was sollten sie auch anderes machen? Vielleicht gab es ja einen Hinweis auf die richtige Sprosse - so wie unten die Schrift an der Brunnenwand...

Und so ging es weiter, langsamer jetzt, viel langsamer; denn immerzu hielten sie nun Ausschau nach einem solchen wichtigen Hinweis. Immerzu spähten sie nach allen Richtungen, nach links, nach rechts, nach vorn, nach hinten, nach oben und nach unten, spähten angestrengt und immer angestrengter. Immerzu überlegten und überlegten sie, was das vielleicht für ein Hinweis sein konnte. Und immerzu waren sie in Sorge, dass sie den entscheidenden Punkt vielleicht doch schon übersehen hatten.

Dann plötzlich sahen sie sie über sich, die eine Sprosse, welche. Sie sahen sie über sich und wussten sofort: Das war sie!

"Die Giftpilzsprosse", rief Carolin, "die muss es sein!" Nein, da brauchten sie überhaupt gar keinen Hinweis mehr. "Die Giftpilzsprosse - dass wir darauf nicht schon längst gekommen sind!"

Carolin und Markus hielten noch einmal inne. Was sollten sie jetzt machen mit der Giftpilzsprosse? Sie sollten sie *nicht durchschneiden*. Soweit war die Sache klar. Aber was dann? Über sie hinwegsteigen konnten sie nicht. Sollten sie auf sie hinaufsteigen? Sie blickten sich um. Gab es jetzt vielleicht doch wieder irgendeinen Hinweis?

Geraume Zeit verging, ohne dass Carolin und Markus etwas entdeckten.

Plötzlich fragte Carolin: "Hast du auch so viel Spucke im Mund?"

"Ja", sagte Markus, "du etwa auch?"

Sie blickten sich an. Sie blickten sich einmal an. Sie blickten sich zweimal an. Sie blickten sich dreimal an. Natürlich, die Sache war klar!

"Okay", sagte Markus, "lass uns wieder spucken!"

"Ja, lass uns wieder spucken!", sagte Carolin.

Und dann spuckten sie wieder, jeder dreimal. Sie spuckten auf die Giftpilzsprosse, und es war... Ja, es war, als wäre ihre Spucke Sprengstoff! Wie eine Rakete schoss die Giftpilzsprosse in die Höhe, und in dem Bruchteil des Bruchteils einer

Sekunde war sie den Augen der Kinder entschwunden! Und als die beiden wieder auf die Leiter blickten, da sah die Leiter aus, als hätte es nie eine Giftpilzsprosse gegeben. Es gab keine Lücke, und bequem konnten sie die nächste Sprosse erreichen.

**18. Kapitel:** <u>Wie alles wieder ins Lot kam</u>

Der Zauberer Keks war der erste, der seine Zauberkraft wiedergewann. Er lag in seinem keksigen Zauberbett, als es geschah. Vollkommen ausgemergelt lag er dort, nur noch ein Schatten seiner selbst. Sein Gesicht war eingefallen; die keksigen Augen waren gar nicht mehr keksig, sondern lagen tief in den Höhlen; die ehemals keksig-kräftigen Hände waren dürr und ausgedörrt

Ja, der Zauberer Keks lag in seinem Bett, als es geschah. Er lag dort und dämmerte vor sich hin. Es fing dann an damit, dass es in seinen großen Zehen kribbelte. Es kribbelte bald im ganzen Fuß und stieg von dort höher. Ein wunderbar-angenehmes, ein geradezu zauberhaft-keksiges Kribbeln war das, ein Kribbeln, das den Zauberer Keks sofort wach und munter machte.

Es kribbelte also erst in den großen Zehen und in den Füßen und stieg dann höher. Nicht lange und es kribbelte bis zu den Knien hinauf, dann bis zur Hüfte, dann bis zum Bauchnabel. Als schließlich das Kribbeln dem Zauberer Keks bis zur Brust hinaufgestiegen war, da wusste er es.: Das Kribbeln, das ist die Zauberkraft, die wieder zu mir zurückkommt!

Er wartete noch, bis es ihn an seinem ganzen keksigen Körper kribbelte. Dann sprang er auf aus seinem Bett, nahm seinen keksigen Zauberstab, sprach einen kleinen, einen ganz klitzekleinen keksigen Zauberspruch und schloss die Augen.

Als der Zauberer Keks seine Augen wieder öffnete, hielt er in seiner Hand einen kleinen, einen klitzekleinen Keks. Ja, klitzeklein nur war dieser Keks. Aber groß, riesengroß war die Freude des Zauberers Keks!

"Ich kann wieder zaubern! Ich kann wieder zaubern! Ich kann wieder zaubern!", rief er, hüpfte dabei, ausgemergelt und schwach, wie er war, hüpfte auf und nieder, einem Gummiball gleich, und klatschte ausgelassen in die Hände!

Dann nahm der Zauberer Keks den klitzekleinen Keks, den er sich soeben herbeigezaubert hatte, und steckte ihn sich feierlich in den Mund. Was für ein großartiges Gefühl! Endlich konnte er wieder zaubern!

Und endlich hatte er wieder etwas zu essen! Ja, essen, das musste er wirklich dringend! Der Zauberer Keks nahm sich seinen Zauberstab und sprach einen Zauberspruch, der schon gar nicht mehr so ganz klitzeklein war. Nein, dieser Zauberspruch war eigentlich schon ein recht ausgewachsen-keksiger Zauberspruch! Der Zauberer Keks sprach ihn, und im selben Augenblick stand vor ihm ein zauberhaft-keksiges Keksessen!

Der Zauberer Keks aß sich satt. Er aß sich so satt, bis nicht das kleinste bisschen Hunger mehr in ihm steckte. Er aß sich satt, bis sein ausgemergelter und ausgedörrter Körper wieder keksig-kräftig und knackig war.

Dann machte der Zauberer Keks sich auf den Weg zum Zauberer Schokolade. "Bestimmt haben Carolin und Markus den Zauberwasserquell entgiften können; und bestimmt hat auch mein Freund seine Zauberkraft wiedererlangt", dachte er, stieg in seine keksige Zauberrakete, sprach den nächsten keksigen Zauberspruch, und ab ging es mit keksig-schneller Geschwindigkeit zum Schokoladenzauberschloss des Zauberers Schokolade.

Schon unterwegs machte es den Zauberer Keks ein wenig stutzig, dass ihm keine anderen Zauberraketen begegneten Dann fand er den Zauberer Schokolade im Bett liegen, ähnlich wie er selbst vor kurzem noch im Bett gelegen hatte: matt und schwach und hohlwangig. Und da begann er sich Sorgen zu machen.

Es war ganz offensichtlich: Der Zauberer Schokolade hatte seine Zauberkraft noch nicht wiedererlangt. Als der Zauberer Keks sich zu ihm ans Bett setzte, schlug der Zauberer Schokolade zwar seine fiebrigen Augen auf und starrte seinen Besucher ungläubig an. Doch etwas zu sagen, selbst dazu war er zu schwach.

"Sollte ich etwa der einzige sein, der von seiner Giftpilzvergiftung wieder genesen ist?" dachte der Zauberer Keks besorgt. Nun wurde er doch langsam unruhig...

Eine Weile saß der Zauberer Keks so da am Bett des Freundes, grübelte und strich von Zeit zu Zeit dem Zauberer Schokolade über die fiebrige, schokoladenschweißnasse Stirn.

Da plötzlich hörte er eine Zauberrakete im Schokoladenzaubergarten landen; und kurze Zeit später stand der Zauberer Bücherstaub in der Tür.

"Ach, ich bin doch nicht der einzige, der wieder wohlauf ist!", rief der Zauberer Keks voller Erleichterung.

"Nein, nein, das bist du wahrlich nicht!" meinte der Zauberer Bücherstaub. "Sieh doch nur einmal aus dem Fenster!"

Der Zauberer Keks sah aus dem Fenster. Allüberall traten Zauberer aus ihren Zauberschlössern und reckten und streckten sich wie frisch erwacht nach einem langen Schlaf.

"Wie kommt es nur, dass ich vorhin, als ich hierherkam, noch niemanden gesehen habe, und warum ist der Zauberer Schokolade immer noch krank?", fragte der Zauberer Keks verwirrt.

"Es passiert eben nicht bei allen gleichzeitig", erklärte der Zauberer Bücherstaub, "sondern wir werden alle einer nach dem anderen gesund. Und wahrscheinlich bist du so ziemlich der erste gewesen, der wieder wohlauf war. So war es leicht möglich, dass du auf dem Weg hierher noch niemanden gesehen hast."

In diesem Augenblick schlug der Zauberer Schokolade die Augen auf! Er tat es und sah mit einem Mal schon sehr viel weniger matt und hohlwangig aus.

"Ich glaube, in meinen Zehen kribbelt es", sagte er. Das Sprechen schien ihm zwar noch immer nicht leicht zu fallen; doch immerhin, er sprach.

"In deinen Zehen kribbelt es?", fragte der Zauberer Keks.

"Ja", sagte der Zauberer Schokolade, "das heißt nein, es kribbelt nicht nur in meinen Zehen; jetzt kribbelt es schon hoch bis zu meinen Knien..."

"Das ist ein gutes Zeichen!", rief der Zauberer Keks. "So fing es bei mir auch an."

Der Zauberer Bücherstaub nickte: "Ganz recht, das ist ein gutes Zeichen."

Es *war* ein gutes Zeichen. Kurze Zeit später war der Zauberer Schokolade wieder der Alte. Er konnte zaubern wie früher. Genau wie der Zauberer Keks zauberte er sich als erstes etwas zu essen herbei und aß, bis er beinahe platzte. "So, jetzt möchte ich sehen, wo Carolin und Markus sind", sagte er, als er fertig war.

Der Zauberer Schokolade, der Zauberer Keks und der Zauberer Bücherstaub beschlossen, zum Zauberberg zu fliegen. Dort würden sie Carolin und Markus wahrscheinlich sehr bald sehen können.

Der Zauberer Keks stieg also in seine Keksrakete; der Zauberer Bücherstaub stieg in seine Bücherstaubrakete; und der Zauberer Schokolade stieg ebenfalls in die

Bücherstaubrakete, denn seine eigene, die Schokoladenrakete, hatte er ja Carolin und Markus gegeben.

Während der Zauberer Keks und der Zauberer Bücherstaub mit dem Zauberer Schokolade in ihre Raketen stiegen, stiegen Carolin und Markus auf dem Zauberberg gerade aus dem Zauberbrunnen. Sie kletterten über den Brunnenrand, standen noch einen Moment davor und ließen sich dann erschöpft ins Gras sinken. Der Aufstieg war doch sehr anstrengend gewesen.

Schließlich erhoben sie sich und wandten sich noch einmal zu dem Zauberbrunnen. Noch einmal blickten sie hinab in die Tiefe. Von der Leiter, auf deren letzter Sprosse sie eben noch gestanden hatten, war nichts mehr zu sehen...

Dafür sahen sie jetzt etwas anderes. Sie sahen die Schokoladenrakete, die noch immer hier oben auf dem Zauberberg stand, die hier stand, genauso wie sie sie seinerzeit zurückgelassen hatten.

"Komm!", sagte Markus, und dann stiegen er und Carolin ein.

Die Kinder zogen ihre selbstgeschnitzten Zauberstäbe aus der Tasche. Gemeinsam sprachen sie jenen schokoladigen Zauberspruch, den man sprechen musste, um die Schokoladenzauberrakete zu starten. Sie sprachen den Spruch und - blickten sich verdutzt an. Es geschah nämlich nichts! Hatten sie sich geirrt? Hatten sie versehentlich die falschen Worte gesprochen? - Noch einmal versuchten sie es. Wieder vergeblich. Ein drittes Mal probierten sie es. Auch umsonst.

Genau in diesem Augenblick landeten auf der Spitze des Zauberberges zwei andere Zauberraketen. Es waren - wie du dir wahrscheinlich denken kannst - die Keksrakete des Zauberers Keks und die Bücherstaubrakete des Zauberers Bücherstaub. Der Zauberer Keks, der Zauberer Bücherstaub und der Zauberer Schokolade stiegen aus. Dass die Kinder in der Schokoladenrakete saßen, sahen sie nicht. Sie liefen vielmehr schnurstracks zum Zauberbrunnen, um dort auf die Kinder zu warten.

Carolin und Markus jedoch bemerkten ihre Freunde und stiegen wieder aus der Schokoladenrakete aus.

"Zauberer Schokolade!", riefen sie. "Zauberer Schokolade!"

Nun gab es ein großes Hallo! Man flog gemeinsam zum Schokoladenzauberschloss des Zauberers Schokolade zurück, und dort ging es weiter mit dem großen Hallo. Es wurde erzählt, gestaunt und gelacht. Es wurde nochmals erzählt, gestaunt und gelacht. Es wurde stundenlang erzählt, gestaunt und gelacht!

"Eine Frage habe ich noch", meinte Markus zum Schluss. "Wir konnten mit unseren selbstgeschnitzten Zauberstäben doch zaubern. Das habt ihr alle gesehen. Wir haben es sogar geschafft, mit der Zauberrakete von der Menschenwelt in die Zaubererwelt zu fliegen. Doch jetzt, jetzt scheint es, als ob wir plötzlich nicht mehr zaubern können. - Zauberer Bücherstaub, weißt du vielleicht, woran das liegt?"

Der Zauberer Bücherstaub räusperte sich. Dann sagte er: "Ja, ich glaube, ich weiß, woran das liegt. Es liegt - so meine ich - daran, dass jetzt alles wieder ins Lot kommt. Als wir Zauberer nicht mehr zaubern konnten, da war alles aus dem Lot. Eine Zaubererwelt, in der niemand mehr zaubern konnte, war eine verkehrte Welt, eben eine aus dem Lot geratene Welt. Diese Welt musste wieder ins Lot kommen. Damit nun aber die Zaubererwelt wieder ins Lot kommen konnte, geschah etwas, was sehr schwer zu verstehen ist. Es geschah etwas, was eigentlich gar niemals geschehen konnte. Es geschah dies, dass plötzlich ihr beiden Menschenkinder zaubern konntet. Euer Freund, der Zauberer Schokolade, hatte einst ein Stück seiner Zauberkraft bei euch in der Menschenwelt zurückgelassen, in einer alten hohlen Eiche, wenn ich mich nicht irre. Diese Zauberkraft hat der Zauberer Giftpilz seinerzeit, da er nichts von ihr wusste, offenbar nicht vergiftet. Nun aber, da die Zaubererwelt aus dem Lot geraten war, geschah das eigentlich Unmögliche: Dieses Stück Zauberkraft des Zauberers Schokolade ging auf euch beide über. Ihr, die ihr gar keine Zauberer seid, konntet mit einem Mal zaubern. Ihr konntet zaubern und uns, die wir es nicht mehr konnten, zu Hilfe eilen. Nun aber ist die Ordnung wiederhergestellt. Dadurch aber ist für uns Zauberer das, was fälschlicherweise durch die Giftpilzvergiftung unmöglich geworden war, wieder möglich. Und so muss nun auch umgekehrt für euch wieder unmöglich werden, was nur

ausnahmsweise möglich war. Zauberer muss Zauberer bleiben, und Mensch muss Mensch bleiben. Nur so kann endgültig
alles ins Lot kommen."

## 19. Kapitel: Wie es doch noch einen Zauberer gab, der nicht mehr zaubern konnte

Der Zauberer Bücherstaub hatte gerade seine lange Erklärung beendet, da kam noch jemand zur Tür herein. Er klopfte erst an, und als man "ja, bitte" rief, trat er ins Zimmer. Der Zauberer Schokolade sah den Besucher an. Seine Zauberfreunde sahen den Besucher an. Carolin und Markus sahen den Besucher an. Sie alle kannten ihn nicht. Wie es schien, war er kein Zauberer. Er sah aus wie ein gewöhnlicher Mensch. Allerdings: Noch ein Mensch in der Zaubererwelt - war das möglich?!

"Wer sind Sie, mein Herr?", fragte der Zauberer Schokolade höflich. Er und alle anderen sahen den Besucher gespannt an.

"Ich..." Der Besucher räusperte sich umständlich. Dann sagte er hastig und wie, als wenn es ihm sehr unangenehm war: "Ich bin der Zauberer Giftpilz!"

Das Erstaunen der übrigen Anwesenden hätte kaum größer sein können, wenn der Besucher gesagt hätte, dass die Sonne am Himmel einen Zauberhut aufhabe.

"Wie bitte?!" fragten sie alle wie aus einem Mund.

Dann jedoch sahen sie es. Sie sahen, dass die Nase und die Ohren, ja, der ganze Kopf des Besuchers in der Tat noch ein wenig entfernt Ähnlichkeit mit einem Pilz hatten. Er sah nicht gerade *gift*pilzig aus, aber doch irgendwie pilzig. Und der Besucher erklärte: "Ich weiß selbst nicht, wie das alles geschehen konnte. Ich hoffe nur, dass Sie es vielleicht wissen..."

Der Besucher machte eine Pause. Wie es schien, um sich zu sammeln. Alle sahen ihn fragend an. Dann fuhr er fort: "Also, es war vorhin. Ich saß gerade in meinem giftpilzigen Giftpilzsessel und dachte so allerlei wunderschön-giftpilzige Gedanken, als ich plötzlich einen Tagtraum hatte. Ja, ein Tagtraum schien es mir zu sein. Ich sah etwas, das aussah wie die Sprosse einer Leiter. Diese Sprosse oder, was es war, sie schwebte direkt auf mich zu, kam näher und immer näher, und plötzlich war sie da und versetzte mir einen Schlag, von dem ich ganz benommen wurde. Als ich wieder zu mir kam, da hatte ich dieses merkwürdige Gefühl. Ich hatte das Gefühl, irgendwie nicht mehr ich selbst zu sein. - Ich war natürlich beunruhigt. Sofort ging ich und schaute in meinen wunderbargiftpilzigen Giftpilzspiegel. Was ich sah, das sehen auch Sie jetzt: Ich bin, wie es scheint, kein Zauberer mehr! Ich bin, wie es scheint... Nun ja, ich bin... ein... ein Mensch! - Jedenfalls, ein Zauberer bin ich nicht mehr. Ich habe es vorhin vor dem Spiegel gleich ausprobiert: Zaubern kann ich nicht mehr!"

Alle sahen den Zauberer Giftpilz an. Er schien nicht böse oder wütend zu sein über das, was geschehen war. Nur traurig und ratlos. So sahen sie ihn weiter an und schwiegen., denn sie wussten irgendwie mit einem Mal nicht, was sie sagen sollten. Fast hatten sie Mitleid mit dem Zauberer Giftpilz.

Nur der Zauberer Bücherstaub nickte ernst. Schließlich sagte er: "Es ist gekommen, wie es kommen musste. Du, Zauberer Giftpilz, hast die Welt aus dem Lot bringen wollen, und nun am Ende bist du selbst aus dem Lot gebracht."

"Ja, ich bin aus dem Lot gebracht", sagte der Zauberer Giftpilz, "genauso ist es. Und ich weiß gar nicht mehr, wo ich hingehöre. In die Zaubererwelt gehöre ich nicht, denn ich kann ja nicht mehr zaubern. Und in die Menschenwelt kann ich nicht, denn wie sollte ich dorthin kommen, wenn ich doch nicht mehr zaubern kann?" Er sah sehr unglücklich aus, als er das sagte. Er hatte den Kopf gesenkt, und in seinen Augen schimmerten zwei Tränen.

Der Zauberer Schokolade sah Carolin und Markus an. Carolin und Markus sahen den Zauberer Schokolade an. Und der Zauberer Schokolade sagte dann:

"Nun, wenn du wirklich in die Menschenwelt willst, Zauberer Giftpilz, dann können wir dir helfen. Ich habe zufällig zwei Freunde aus der Menschenwelt."

Der Zauberer Schokolade wies auf Carolin und Markus.

"Die beiden waren es übrigens, die dich überwunden haben", fuhr er dann fort. "Nun also, diese meine beiden Freunde müssen zurück in die Menschenwelt. Ihre Eltern erwarten sie dringend. Ich werde sie mit meiner Rakete hinbringen, und ich könnte dich, wenn du möchtest, mitnehmen."

Über das Gesicht des Zauberers Giftpilz ging ein Strahlen. Er wischte sich die Tränen aus den Augen und ging auf den Zauberer Schokolade zu. Dann reichte er ihm die Hand und sagte: "Danke! Danke, das ist mehr, als ich zu hoffen gewagt habe!"

Man traf bald darauf die nötigen Vorbereitungen, und dann stiegen sie zu viert in die Schokoladenzauberrakete des Zauberers Schokolade: der Zauberer Schokolade selbst, Carolin und Markus und der Zauberer Giftpilz. So viele Personen waren, soweit sich der Zauberer Schokolade erinnerte, noch nie auf einmal in seiner Schokoladenrakete gewesen.

Man traf also die nötigen Vorbereitungen, und dann ging es los. Mit schokoladig-schneller Geschwindigkeit sauste die Schokoladenrakete durch die sieben Himmel, und wenige Wimpernschläge später landete sie sanft, viel sanfter als bei Carolin und Markus - der Zauberer Schokolade war eben doch der erfahrenere Pilot -, in der Menschenwelt.

"Ich werde euch bald wieder abholen", versprach der Zauberer Schokolade zum Abschied, "denn bald, sehr bald werden wir bei uns in der Zaubererwelt ein Fest feiern, bei dem ihr unbedingt dabei sein müsst: das berühmte Fest des Magischen Mondes, das nur alle sieben Jahre einmal stattfindet. Ja, ihr müsst unbedingt dabei sein! Dann können wir auch endlich richtig die Rettung der Zaubererwelt feiern!"

Darauf flog er davon mit seiner Schokoladenzauberrakete, der Zauberer Schokolade, und sie standen allein dort im

Wald bei der alten hohlen Eiche: Carolin und Markus und der Zauberer Giftpilz. - Carolin und Markus wussten später dann nicht mehr, wer es zuerst ausgesprochen hatte. Jedenfalls luden sie den Zauberer Giftpilz ein, fürs erste einmal mit zu ihren Eltern zu kommen.

Herr und Frau Borniewski hatten sich natürlich unendliche Sorgen um ihre Kinder gemacht. Wenigstens hatte an dem Tag ihres Verschwindens der Förster die Schokoladenrakete gesehen, wie sie aus dem Wald aufgestiegen und davon gesaust war. Er hatte es gesehen, und als er hörte, dass Carolin und Markus Borniewski, die beiden berühmten Zaubererweltreisenden, vermisst wurden, hatte er seine Beobachtung gemeldet. So hatten die Eltern immerhin eine Ahnung gehabt, wo ihre Kinder sein konnten.

Sorgen hatten sie sich natürlich weiterhin gemacht; und so waren sie verständlicherweise unendlich glücklich, ihre Kinder nun gesund und munter wiederzusehen. Sie wunderten sich zwar über deren Begleiter. Doch nachdem Carolin und Markus die ganze Geschichte von Anfang bis Ende erzählt hatten, waren sie sofort bereit, dem Zauberer Giftpilz ein Nachtquartier zu geben.

Für die Kinder waren die folgenden Tage wieder so aufregend wie die Tage nach ihrer ersten Reise in die Zaubererwelt. Sie mussten wieder allen von ihren Erlebnissen berichten. Und außerdem mussten sie sich noch um den Zauberer Giftpilz kümmern, der sich nach einem giftpilzig-langen

Leben in der Zaubererwelt in der Menschenwelt noch nicht so ganz zurechtfand.

Schließlich aber war auch dieses Problem zur größten Zufriedenheit aller gelöst. Der Zauberer Giftpilz legte sich einen neuen Namen zu - er nannte sich Herr Pilz - und wurde Pilzsammler. Bei seiner Vergangenheit war es ja klar, dass er etwas von Pilzen verstand. Er zog nun Tag für Tag durch den Wald, wo er sich ein kleines, bescheidenes Holzhaus baute, und sammelte Pilze, essbare Pilze wohlgemerkt, die er dann auf dem Markt verkaufte. Pilze von Herrn Pilz galten bald als Geheimtipp, und von weither kamen Leute, um bei ihm zu kaufen.

**20. Kapitel:** Wie das Fest des magischen Mondes begann und eine unbeantwortbare Frage beantwortet wurde

Das Fest des Magischen Mondes - ich glaube, das habe ich dir schon erzählt - fand nur alle sieben Jahre statt. Es war das größte und bedeutendste Fest, das man in der Zaubererwelt kannte, so groß und so bedeutend wie alle anderen Feste zusammen. Es fand statt - wo hätte es sonst stattfinden sollen? - auf dem Zauberberg.

Aus allen Winkeln der Zaubererwelt, den nahen Winkeln und den fernen Winkeln, kamen sie herbei, die Zauberer, zu dem Fest des Magischen Mondes auf dem Zauberberg. Sie kamen alle, ausnahmslos alle, denn *dieses* Fest wollte niemand verpassen!

Nun also war es wieder soweit. An diesem Abend, wenn der Mond aufging, sollte das Fest des Magischen Mondes wieder einmal beginnen. Der Zauberer Schokolade hatte, wie versprochen, Carolin und Markus abgeholt; und jetzt saßen die drei auf dem Schokoladensofa im Schokoladenwohnzimmer des Schokoladenzauberschlosses und warteten, dass die Zeit verging. Alle paar Minuten schauten sie aus dem Fenster, um zu sehen ob es schon dunkel wurde.

"Oh, ich wüsste zu und zu gern, was auf diesem Fest passieren wird!", sagte Markus.

"Oh ja, kannst du uns nicht wenigstens ein klitzekleines bisschen verraten?!" bat Carolin.

Der Zauberer Schokolade lächelte. "Nein", sagte er, "es soll eine Überraschung für euch werden. Das wisst ihr doch. Alles soll ein Geheimnis bleiben, damit es ein bisschen spannend für euch ist! Habt noch ein wenig Geduld!"

"Das ist ja schlimmer als zu Weihnachten!" stöhnte Markus.

"Viel schlimmer!", sagte Carolin.

Die Zeit verging, wie das so mit der Zeit ist, wenn sie vergehen *soll*, viel langsamer als sonst. Und mit dem Geduldhaben war das auch so eine Sache. Aber schließlich begann es doch, draußen zu dämmern.

"Es geht los! Es geht los!" jubelten die Kinder. Und dann stiegen sie mit dem Zauberer Schokolade in die Schokoladenzauberrakete und flogen zum Zauberberg.

Auf dem Zauberberg herrschte ein unvorstellbares Gewimmel. Wo man auch hinsah - Zauberer. Zauberer, Zauberer und noch mehr Zauberer. Nie und nie hätten Carolin und Markus gedacht, dass es so viele Zauberer in der Zaubererwelt gab!

Der Zauberer Schokolade flog mit Carolin und Markus direkt zur Spitze des Zauberberges. "Ihr werdet heute einen Ehrenplatz haben", erklärte er und wies auf eine Art Thron, der direkt neben dem über und über mit zauberhaften Girlanden geschmückten Zauberbrunnen stand. Dieser Thron war - wie der Zauberer Schokolade erklärte - von allen Zauberern in der Zaubererwelt gemeinsam gebaut worden. Jeder hatte ein Teil dazu beigesteuert, der Zauberer Schokolade ein riesengroßes aus Schokolade, der Zauberer Keks eines aus Butterkeks, der Zauberer Bücherstaub eines aus Bücherstaub und so weiter. Im Übrigen war der Thron so gebaut, dass genau zwei Kinder bequem darauf sitzen konnten.

Carolin und Markus nahmen Platz. Ja, und dann war es endlich soweit: Der Mond ging auf! Er tat es so strahlend, wie Carolin und Markus es noch nie zuvor gesehen hatten! Sämtliche Zauberer auf dem Zauberberg warfen begeistert ihre Zauberstäbe in die Luft. So hielten sie es immer, wenn an dem Abend des Festes des Magischen Mondes der Mond aufging. Sie hielten es so wie immer, und damit war das Fest eröffnet.

Es folgte nun das sogenannte Mondscheinmahl. Auf dem Fest des Magischen Mondes aß der Zauberer Schokolade keine Schokolade, der Zauberer Saure Gurke keine sauren Gurken, der Zauberer Brille keine Brillen. Niemand aß das, was er sonst immer aß. Alle aßen etwas, was man nur auf dem Fest des Magischen Mondes essen konnte. Sie alle aßen - und darum hieß das Mondscheinmahl Mondscheinmahl - ein zauberhaftes Stück des zauberhaft-silbrigen Mondscheins.

Sie nahmen jeder ihren Zauberstab, berührten einen der zahllosen zauberhaft-silbrigen Mondscheinstrahlen, und sogleich hielten sie alle ein Stück Mondschein in der Hand. - Mondschein, das war eine Delikatesse, wie sie delikater nicht sein konnte, so ungeheuer fein und wohlschmeckend, dass, wer einmal davon probiert hatte, diese Gaumenfreude sein Leben lang nicht vergaß. Auch Carolin und Markus, die selbstverständlich wie alle anderen von dem Mondschein versuchten, hatten nie zuvor etwas Vergleichbares gegessen; die Erinnerung daran sollte ihnen für immer als ein kostbarer Schatz im Gedächtnis bleiben.

Als schließlich das Mondscheinmahl beendet war, stieg der Zauberer Schokolade auf den Rand des girlandengeschmückten Zauberbrunnens. Und mit einer Stimme, nicht lauter als sonst und doch auf zauberhafte Weise überall auf dem ganzen Zauberberg und von jedem einzelnen Zauberer dort klar und deutlich zu verstehen, sagte er:

"Liebe Zauberkollegen, ihr alle wisst, was die beiden Menschenkinder hier oben auf dem Thron, meine Freunde Carolin und Markus, für uns getan haben. Heute ist der Tag, da wir ihnen dafür danken können. Und genau das will ich nun in euer aller Namen tun."

Der Zauberer Schokolade räusperte sich. Dann trug er ein sehr feierliches, von ihm selbst verfasstes Gedicht vor:

"Dank sei euch, ihr Menschenkinder,
Dank sei euch für euren Mut!

Dank sei euch, ihr Menschenkinder -
dass es euch gibt, das ist gut!
Die Zaub'rerwelt war aus dem Lot;
wir Zaub'rer waren groß in Not!
Ihr kamt ganz unerwartet.
Ihr kamt und saht und tatet
sofort, was einzig und allein
noch uns're Rettung konnte sein!
Hinab ins Ungewisse und
des Zauberbrunnens dunklen Schlund,
so stieget ihr, um uns zu retten,
derweil *wir* matt in uns'ren Betten
lagen! Ja, so lagen wir;
und Hoffnung gab es kaum noch hier.
- *Ihr* nahmt es auf mit den geballten
und entfesselten Gewalten
der aus dem Lot gerat'nen Welt!
*Dagegen* habt ihr euch gestellt!
So kam die Welt erneut ins Lot;
ein Ende hatte uns're Not.
Die Welt ward wieder, wie sie war:
zauberhaft und wunderbar!
Dank sei euch, ihr uns're Freunde,
Dank sei euch für euren Mut!
Dank sei euch, ihr uns're Freunde -
dass es euch gibt, das ist gut!

Alle Zauberer auf dem Zauberberg applaudierten. Sie klatschten minutenlang in die Hände. Carolin und Markus wurden ganz verlegen und ein wenig rot im Gesicht. Doch bevor sie allzu verlegen und allzu rot werden konnten, sagte der Zauberer Schokolade:

"Wenn ich die Zeichen am Himmel richtig deute, wird es Zeit, dass wir in unsere Zauberraketen steigen!"

Alle Zauberer sahen zum Himmel. Alle sahen sie die Zeichen, von denen der Zauberer Schokolade gesprochen hatte. Und alle stiegen sie tatsächlich umgehend in ihre Zauberraketen. Natürlich auch der Zauberer Schokolade selbst - und mit ihm Carolin und Markus.

Die Kinder saßen gerade, da ging es los: Der Mond am Himmel begann, Funken zu sprühen! Es war ein ungeheures, ein riesenhaftes Feuerwerk, das den gesamten Himmel ausleuchtete! Carolin und Markus gingen die Augen über!

Doch damit nicht genug! Als das Himmelsfeuerwerk des funkensprühenden Mondes auf dem Höhepunkt war, stiegen sämtliche Zauberer mit ihren Zauberraketen auf, und es begann der sogenannte Furiose Funkentanz. - Der Furiose Funkentanz war wahrhaft furios. Er war so furios, dass jede Achterbahnfahrt auf dem Jahrmarkt dagegen wie eine Spazierfahrt im Kinderwagen gewesen wäre! Ja, der Furiose Funkentanz war wirklich furios! Und doch wurde niemandem dabei übel oder schwindelig. Es war ein großes Geheimnis, wie das möglich war. Aber es war so, und so war der Furiose Funkentanz für alle die reine Freude, die reine ungetrübte Freude!

Schließlich jedoch hatte der Furiose Funkentanz ein Ende. Alle Zauberer landeten wieder mit ihren Zauberraketen. Bald darauf tat sich allerdings erneut etwas am Himmel. Schon wieder war es, als sprühte der Mond Funken. Diesmal jedoch sprühten die Funken nicht - wie zuvor beim Furiosen Funkentanz - zu allen Seiten. Diesmal bildeten sie vielmehr auf geheimnisvolle Weise eine Schrift am Himmel!

"Auch dies geschieht jedes Mal beim Fest des Magischen Mondes", erklärte der Zauberer Schokolade Carolin und Markus. "Der Mond nämlich weiß alle Geheimnisse, die es gibt. Er kennt auch jene Geheimnisse, die nicht einmal der Zauberer Bücherstaub kennt. Und auf dem Fest des Magischen Mondes nun ist es möglich, den Mond nach der Lösung eines solchen Geheimnisses zu fragen. Das ist etwas ganz, ganz, ganz Besonderes. Und darum darf man dem Mond auch nur ganz, ganz, ganz besondere Fragen stellen. Man darf ihm nur solche Fragen stellen, die absolut niemand sonst beantworten könnte!"

"Ach so...", sagten die Kinder.

Jetzt verstanden sie die geheimnisvolle Himmelsschrift. "Fragt nun, was niemand weiß - ich gebe euch die Antwort preis!" stand dort in sprühenden Funken. Alle Zauberer sahen es genau wie der Zauberer Schokolade und wie Carolin und

Markus. Und alle dachten sie nach, ob sie selbst vielleicht eine Frage hatten, deren Antwort niemand wusste.

Stille herrschte auf dem Zauberberg. Alle Zauberer schienen so glücklich, über ihre Rettung durch Carolin und Markus, über das Fest und darüber, dass Carolin und Markus selbst dabei waren, dass ihnen einfach keine solch schwierigen Fragen einfielen. Ja, niemandem fiel eine Frage ein, bis... ja, bis plötzlich der Zauberer Juckpulver sich erhob!

Ausgerechnet der Zauberer Juckpulver, er, der noch nie in seinem ganzen juckpulverigen Leben hatte ernst sein können, er stellte hier auf dem Zauberberg die erste Frage; und es war wahrlich eine sehr ernsthafte und sehr kluge Frage.

"Wie kommt es eigentlich, Magischer Mond", so fragte er, "dass damals, als der Zauberer Schokolade uns mit seinem Wunschwolkenwunsch retten wollte, der Wunschwolkenwunsch nicht funktionierte?"

Das war wirklich eine Frage! Alle, alle, die da auf dem Zauberberg waren in dieser denkwürdigen Festnacht, sahen zum Himmel empor und warteten in allerhöchster Spannung auf die Antwort!

Sie mussten nicht lange warten. Die Frage war kaum ausgesprochen, da formten die sprühenden Funken am Himmel die Antwort. "Dies kommt daher", so lautete die Antwort, "dass eine Wunschwolke nur absolut *un*erfüllbare Wünsche erfüllt. Wie ihr aber inzwischen selbst gesehen habt, war der

Wunsch des Zauberers Schokolade nicht unerfüllbar. Seine beiden menschlichen Freunde haben ihn erfüllt."

"Also...", stammelte der Zauberer Schokolade, als er die himmlische Antwort so recht verstanden hatte, "also... also stimmt die Sache mit dem Wunschwolkenwunsch doch! Und ich dachte schon, der Zauberer Bücherstaub habe sich wirklich und wahrhaftig geirrt!"

Dann schlug er sich plötzlich an die Stirn.

"Aber", rief er in höchster Aufregung, "aber dann kann ich mir das, was ich mir eigentlich wünschen wollte, ja doch noch wünschen!"

**21. Kapitel:** <u>Wie das Fest des Magischen Mondes sehr turbulent zu Ende ging und wie auch dieses Buch zu Ende geht</u>

Es hatte kein Weiterer mehr eine Frage an den Mond. Alle hatten sie jetzt nur noch eine Frage an den Zauberer Schokolade. Alle wollten sie wissen, was *er* sich nun wohl Großartiges wünschen würde. Eine Aufregung war das! Keiner wollte etwas verpassen. Jeder wollte hören und sehen, was auf der Spitze des Zauberberges vor sich ging. Du kannst dir vorstellen, wie schwierig das für diejenigen war, die ganz unten am Fuße des Zauberberges standen!

Der Zauberer Schokolade sah die Aufregung. Er lächelte. Er lächelte allen Zauberern auf dem Zauberberg zu. Er lächelte besonders den Freunden unter ihnen zu. Und er lächelte ganz, ganz besonders Carolin und Markus zu. Dann beugte er sich zu ihnen und flüsterte: "Was ich mir gleich wünschen werde, das hat mit euch zu tun! Das hat damit zu tun, dass das Leben *mit* euch so herrlich aufregend ist, während das Leben *ohne* euch so schrecklich langweilig ist. Als ich euch noch nicht kannte, wusste ich das natürlich noch nicht. Aber jetzt weiß ich es. Und jetzt würde ich am liebsten immer mit euch zusammen sein! Das allerdings geht leider nicht. Ich kann wohl euch besuchen, und ihr könnt mich besuchen; aber *immer* zusammen sein, das können wir nicht. Denn ihr seid Menschen und gehört darum letztlich in die Menschenwelt; und ich bin ein Zauberer und gehöre darum letztlich in die Zaubererwelt. Ja, und damit eben hat das, was ich mir gleich wünschen werde zu tun. Ich werde mir nämlich etwas wünschen, wodurch das Leben *immer* herrlich aufregend ist. Ich werde mir etwas wünschen, wodurch das Leben *doppelt* herrlich aufregend ist, wenn wir drei zusammen sind, und wodurch es wenigstens ein bisschen aufregend bleibt, wenn wir *nicht* zusammen sind."

Der Zauberer Schokolade richtete sich auf. Durch seine Flüsterei mit Carolin und Markus war die Spannung auf dem Zauberberg noch weiter gewachsen. Es war jetzt eine geradezu unerträgliche Spannung. Der Zauberer Schokolade sah es und lächelte noch einmal. Dann räusperte er sich und sprach, langsam und bedächtig, wie es sonst immer der Zauberer Brille tat:

"Ich wünsche mir als meinen Wunschwolkenwunsch, dass ich ein Kind habe, das immer bei mir sein kann und das mir ein Freund ist wie Carolin und Markus, damit das Leben doppelt aufregend ist, wenn ich mit Carolin und Markus zusammen bin, und wenigstens noch ein bisschen aufregend, wenn wir nicht zusammen sind!"

Ein Kind für einen Zauberer! Ja, ein Kind für einen Zauberer!! - Das war wirklich ein Wunsch, den nur eine Wunschwolke erfüllen konnte! Ein Kind für einen Zauberer, das war sozusagen eine unmögliche Möglichkeit. Zauberer konnten keine Kinder haben! Jeder Zauberer wusste das. Ja, jeder Zauberer kannte das eherne Weltgesetz. Und dieses

Weltgesetz besagte: Zauberer können alles, weil sie zaubern können. Menschen können nicht alles, weil sie *nicht* zaubern können. Nur eines können *Menschen*, was wiederum Zauberer nicht können: Kinder haben.

Der Wunsch des Zauberers Schokolade war also wirklich ein unerfüllbarer Wunsch. Er war es, und gerade deshalb erfüllte er sich nun. Es ging so schnell, dass nachher niemand wusste, wie es genau vor sich gegangen war. Jedenfalls waren die Worte des Zauberers Schokolade noch nicht ganz verklungen, da verschwand plötzlich der Wunschwolkenstaub auf der Schokoladenzauberrakete, und vor ihm, wie aus heiterem Himmel, stand: *sein* Kind!

Das Kind war ein Junge, ein Junge wie andere Jungen auch: die Haare struwwelig, die Knie aufgeschlagen, an der Hose fehlte ein Knopf. Aus den Augen blitzte der Schalk, der Mund war verzogen zu einem pfiffigen Grinsen, wobei man eine wahrhaft beeindruckende Zahnlücke bewundern konnte, und die Nase, die Nase sah aus wie eine rotzfreche Rotznase.

Ja, in der Tat, das Kind war ein Junge wie andere Jungen auch. Das sah man sofort. Und doch war es ein ganz, ganz, ganz besonderes Kind, und auch das sah man sofort! Der Junge war nämlich ganz der Sohn seines Vaters, denn er sah aus wie er und war ganz und gar aus Schokolade: Sein Kopf war aus Schokolade; sein Bauch war aus Schokolade; seine Arme und Beine waren aus Schokolade. Auch seine Hände und Füße, seine Nase, seine Ohren und seine Augen waren aus

Schokolade. Ja, sogar seine Haare, seine Fingernägel und seine Zähne waren aus Schokolade. Eben wirklich ganz und gar der Vater. Nur ein paar Nummern kleiner und ohne Bart.

Der Schokoladenjunge sah sich um. Er stand da und sah sich um und tippte schließlich den Zauberer Schokolade an und sagte:

"So, du bist also mein Vater..." Worauf er zu Carolin und Markus ging, auch sie antippte und meinte: "So, und ihr beide seid also Carolin und Markus..."

Dann grinste er ein schokoladig-pfiffiges Grinsen, bei dem man seine eindrucksvolle Zahnlücke bewundern konnte. - Wo der Kleine das Sprechen gelernt hatte und woher er wusste, wer sein Vater und wer Carolin und Markus waren, das hat nie jemand herausbekommen. (Auf die Idee, diese Frage dem allwissenden Mond vorzulegen, ist leider nie jemand gekommen.)

Doch der Schokoladenjunge konnte noch mehr, wovon niemand etwas ahnte. Auch als er seinen Vater bat, ihm doch bitte einmal kurz seinen Zauberhut und seinen Zauberstab zu leihen, ahnte noch niemand etwas davon. Auch der Zauberer Schokolade dachte sich nichts dabei, als er dem Kleinen tatsächlich seinen Zauberhut und seinen Zauberstab gab.

Der Schokoladenjunge nahm den Schokoladenzauberhut und den Schokoladenzauberstab seines Schokoladenvaters. Beides war ihm reichlich groß. Der kleine Mann mit dem großen Zauberhut und dem großen Zauberstab - es sah rührend-komisch aus. Doch dann geschah das, wovon niemand ahnte, dass es überhaupt geschehen *konnte*; es geschah, und danach fand niemand mehr den Kleinen rührend-komisch, sondern sie fanden ihn alle nur noch erstaunlich, im höchsten Maße erstaunlich!

Der Schokoladenjunge nahm also den Schokoladenzauberhut und den Schokoladenzauberstab seines Vaters. Er setzte den Schokoladenzauberhut auf den Kopf, schwang den Schokoladenzauberstab in der Hand und - sprach, als täte er seit Urzeiten nichts anderes, einen schokoladigen Zauberspruch. Ja, er sprach einen schokoladigen Zauberspruch, wie er schokoladiger nicht hätte sein können, und damit nicht genug: Er sprach ihn, und der Zauberspruch funktionierte!

Ja, der Zauberspruch funktionierte - jeder konnte es sehen. Jeder konnte sehen, wie der Zauberhut und der Zauberstab, die der Schokoladenjunge von seinem Schokoladenvater geliehen hatte, sich, wie von Geisterhand getragen, in die Luft erhoben und dorthin schwebten, wo sie hergekommen waren, auf den Schokoladenkopf und in die Schokoladenhand des Zauberers Schokolade! Und jeder konnte nun auch sehen, wie - ebenfalls wie von Geisterhand getragen - aus dem Nichts ein *kleiner* Schokoladenzauberhut und ein *kleiner* Schokoladenzauberstab angeschwebt kamen und auf dem Schokoladenkopf und in der Schokoladenhand des Schokoladenjungen landeten!

Zuerst einmal waren alle sprachlos. Auch der Zauberer Schokolade. Als er sich wieder etwas gefangen hatte, meinte er:

"Das ist ja großartig, mein Junge! Du siehst nicht nur so schokoladig aus wie ich; du kannst auch ebenso schokoladig zaubern! - Wer hätte das gedacht?!"

Dann plötzlich wiegte er nachdenklich den Kopf und meinte:

"Ein Problem gibt es da nun allerdings natürlich: Wenn du schokoladig aussiehst *und* schokoladig zaubern kannst wie ich, dann müsstest du eigentlich - wie ich - Zauberer Schokolade heißen. Aber zwei Zauberer, die Zauberer Schokolade heißen, das geht, finde ich, nicht. Das gibt nur Verwirrung. Wie also sollen wir dich nennen?"

"Nennt mich doch einfach Minizauberer Schokolade!" schlug der Schokoladenjunge vor. "Ich bin ja zwar ein schokoladiger Zauberer wie du, Papa, aber ja doch noch ein minikleiner."

Diese Idee fanden alle gut, und fortan wurde der Minizauberer Schokolade eben Minizauberer Schokolade genannt. Dabei war der Name eigentlich doch gar nicht so ganz passend. Denn von der Körpergröße her war der Minizauberer zwar vielleicht miniklein - wie ein Kind eben -; aber von seiner Zauberkunst her, da war er es wahrlich nicht! Seine Zauberkunst nämlich war schon fast ebenso groß wie die seines Vaters!

Wie groß die Zauberkunst des Minizauberers Schokolade tatsächlich schon war, das sollte sich im Übrigen nur wenige Augenblicke später in einer Weise zeigen, dass keiner es
je wieder vergaß! Nur wenige Augenblicke später nämlich -
die großen Zauberer hatten sich inzwischen alle ein wenig hin-
gesetzt, um all das Aufregende, das gerade geschehen war, zu
verdauen -, nur wenige Augenblicke später also, da sprach der
Minizauberer Schokolade erneut einen schokoladigen Zauberspruch. Er sprach ihn mit einem besonders schelmischen, mit
einem geradezu verdächtig-schelmischen Grinsen um die
Mundwinkel. Er sprach ihn, und er hatte dies kaum getan, da
brach das Chaos aus, und das schelmische Grinsen wurde wo-
möglich noch etwas schelmischer!

Was hatte er da für einen Zauberspruch sich ausgedacht,
der Minizauberer Schokolade? Nun es war ein Zauberspruch,
der folgendes bewirkte: Er bewirkte, dass sämtliche Zauberhüte sämtlicher Zauberer mit einem Mal aus Schokolade waren! Wohl konnte man sie noch unterscheiden. Der Zauberhut
des Zauberers Saure Gurke zum Beispiel war zwar nun aus
Schokolade, aber seine Form war doch noch immer eindeutig
gurkig. Oder der Zauberhut des Zauberers Bücherstaub. Auch
er war nun zwar aus Schokolade; aber es war eben doch irgendwie sehr bücherstaubige Schokolade.

Also, man konnte sie noch immer unterscheiden, all die
zahllosen Zauberhüte. Und trotzdem gab es nun mit den Zauberhüten sogleich das große Chaos! Der Zauberspruch des Minizauberers Schokolade bewirkte nämlich noch etwas Zweites:

Er bewirkte als zweites, dass sämtliche Zauberhüte vertauscht wurden und niemand mehr seinen eigenen Zauberhut auf dem Kopf hatte!

Der Zauberer Saure Gurke beispielsweise hatte den Hut des Zauberers Keks auf dem Kopf. Seinen eigenen Hut hielt dagegen ein gewisser Zauberer Kräuterbutter in der Hand, den der Zauberer Saure Gurke nur sehr flüchtig kannte.

Manche hatten Glück und fanden ihren Hut bei ihrem Nachbarn auf dem Kopf. Viele jedoch hatten dieses Glück nicht. Sie mussten folglich suchen. Und nicht wenige suchten sehr, sehr lange. Einfach herbeizaubern konnte nämlich niemand seinen Zauberhut, denn um überhaupt zaubern zu können, brauchten sie ihn ja bereits, ihren Zauberhut, ihren *eigenen* Zauberhut. Etliche probierten es zwar; aber es klappte natürlich nicht...

Das Chaos war dafür einfach unbeschreiblich! Alles rannte und stolperte durcheinander nach dem eigenen Zauberhut. Ständig wurde man gefragt, ob man diesen oder jenen Zauberhut gesehen habe. Ständig fragte man selbst. Und ständig gab es Verwechslungen, weil die Zauberhüte sich nun eben doch alle schokoladig-ähnlich waren. So dauerte es bis in die frühen Morgenstunden, ehe alle Zauberhüte wieder auf dem richtigen Kopf saßen und in ihre ursprüngliche Gestalt zurückverwandelt waren.

Tja, und dann kam die Krönung! Als endlich alle wieder glücklich ihren eigenen Zauberhut auf dem Kopf hatten und ein großes Aufatmen über den Zauberberg ging und als man sich endlich den Urheber des ganzen Durcheinanders ein wenig vorknöpfen wollte, da sagte dieser nur einen Satz. Da sagte der Minizauberer Schokolade nur diesen einen Satz, und es war mucksmäuschenstill auf dem ganzen Zauberberg!

"Wenn", so sagte er, "derjenige, der als erster seinen eigenen Zauberhut wiederfand, einen Gegenzauberspruch gesprochen hätte, dann hättet ihr es etwas einfacher haben können, *etwas* nur - aber ich wollte es euch wenigstens gesagt haben..."

Ja, in der Tat, es war mucksmäuschenstill auf dem Zauberberg nach diesem Satz. Ob solcher Dreistigkeit war die versammelte Zaubererschaft sprachlos! Dann jedoch fing irgendeiner an zu lachen. Einer fing an, und bald lachten sie alle. Sie lachten lauthals und schallend und fanden gar kein Ende mehr! Am lautesten und schallendsten aber lachte der Zauberer Schokolade. So hatte er es sich gewünscht! Einfach zu und zu herrlich, diese Aufregung!

Wenn er gewusst hätte, wie es mit dem Minizauberer Schokolade weitergehen würde... Wenn er gewusst hätte, dass der Streich mit den verwandelten und vertauschten Zauberhüten lediglich der erste in einer langen, langen, langen Kette von Streichen des Minizauberers Schokolade sein würde... Wenn er gewusst hätte, dass er fortan vor lauter Aufregung... Aber was rede ich? Dies ist eine andere Geschichte und soll ein andermal erzählt werden. Vorerst war der Zauber Schokolade so glücklich und zufrieden wie noch nie zuvor in seinem Leben. Carolin und Markus übrigens auch...

**Der Autor:**

Mathias Grimme wurde 1964 in Bremen geboren. Erste Schreiberfahrungen sammelte er bereits in der Jugend. Er hat drei (inzwischen erwachsene) Kinder, die er mit seinen Geschichten fesseln konnte, und begeistert sich selbst immer wieder für die Kraft der Fantasie. Lebt und arbeitet heute in Hamburg.